第二届中华诗词有奖征集
获奖作品集

北京东方中国诗书画院 编
刘迅甫 主编

中国书籍出版社
China Book Press

一着东风便欲飞

■ 高洪波

习近平总书记近期对继承和发扬中华优秀传统文化发表了一系列重要讲话，不仅反映了中央对文化建设的高度重视，而且彰显了以文化复兴助推民族复兴的坚定决心。中华诗词是中华传统文化的精髓，是中华文明的瑰宝，是中华文化独特魅力的表现，更应该代表时代风貌，引领时代风气，成为"两个一百年"奋斗目标的助推剂，成为实现中国梦的生力军。

第二届"中华诗词有奖征集"活动就是在这样一个时代背景下启动的。活动自2018年6月15日启动以来，得到了海内外20多个国家的积极响应，截至2018年8月31日，共收到参赛作品81 769首，盛况空前。征集来的作品，各有特色。

从题材来看，有为时代立传的，如《贺新郎·"一带一路"颂》；有为人民放歌的，如《筑路工》《踏莎行·清洁工人》；有讴歌祖国的，如《定风波·国产航母下水》；有纪颂英雄的，如《金缕曲·过兰考咏泡桐兼怀焦裕禄》《天眼之父南仁东》；有礼赞生活的，如《中吕·快活三带过朝天子麻怀村巨变》《秋思》；也有异国怀乡的，如《中秋澳洲望月》；还有托物言志的，如《白玉兰》，等等。这些题材，或大或小，涉及方方面面，基本上反映了新中国成立近七十年，特别是改革开放四十年来，我们的国家和人民崛起的力度和前进的速度。

从体裁来看，诗有七言、五言，有律诗、绝句，有古风、歌行；词有小令、中调、长调；曲有小令、带过曲、套曲，等等，还有部分自度曲，也非常耐读。真正做到了百花齐放，百家争鸣。唐诗、宋词、元曲都是我们优秀的文化遗产，在这次征集活动中，诗、词、曲各种体裁都有涉及。不乏上乘之作。

从风格来看，有豪放的，如"极目云横风起处，何惧？官兵铁骨已铮铮。一任惊涛如猛虎，航母，今于海上筑长城"（《定风波·国产航母下水》），"大道龙腾美。振唐音、飞天纵马，长安峰会。千古冰融飘花雨，西域畅通霞蔚。漫月笛、春风秋水。逐梦昆仑霓蠹灿，揽星垂大野长河沛。青史耀，更无愧"（《贺新郎·"一带一路"颂》）；有婉约的，如"远树无红叶，平原有淡黄。乡思如稻子，粒粒满心房。"（《秋思》），"恻恻轻寒新雨微，亭亭春树绽花肥。恍如白鸟栖枝满，一着东风便欲飞"（《白玉兰》）。豪放词画面壮阔，令人血脉贲张；婉约诗寄意深远，使人回味悠长。

从地域来看，有写天山雪域的，有写南海三沙的；有城市作者，也有乡土诗人；更为难得的是，非炎黄子孙也陆陆续续加入到传承队伍中来了。

从年纪来看，有一百多岁的耄耋老人，也有七八岁的垂髫小儿。

千百年来，中华诗词记载中华民族的历史，传承中华民族的文化，启迪我们的思想，陶冶我们的情操，它内涵深，形式简，音韵美，流传久，影响大，凝聚力强，不仅仅是我们中华民族的瑰宝，也是整个人类的共同财富。希望这个活动能长久地办下去，越办越好，让中华古老的诗词，"一着"我们这个伟大时代的"东风""便欲飞"。飞向每一个热爱诗词的中国人心里，飞向全世界的华人心里，因为这是我们中华文化的根系所在。

第二届中华诗词有奖征集获奖作品集

目 录

名家题词 / 001

专题报道 / 011
新闻发布会 016
评审工作会议 017
颁奖仪式 049

公证词 / 051
获奖作品 053

一等奖 / 054
王天明（河北）....... 054

二等奖 / 055
戴苏裕（澳洲）....... 055
黄炎清（江西）....... 056
周少泉（广东）....... 057

三等奖 / 058
胡方元（河北）....... 058
陈东彩（广东）....... 059
彭子辉（湖南）....... 060
阙东明（湖北）....... 061
许东良（安徽）....... 062

张志红（贵州）....... 062

优秀奖 / 063
巴晓芳（湖北）....... 063
曹艳玲（吉林）....... 063
曾玉堂（广东）....... 064
曾　志（湖北）....... 064
陈云芳（新疆）....... 065
程良宝（陕西）....... 065
代　群（河南）....... 066
丁向辉（河北）....... 067
傅筱萍（江西）....... 068
傅　渊（湖南）....... 068
高怀柱（山东）....... 069
高　云（湖北）....... 069
胡　斌（浙江）....... 070
胡建文（湖南）....... 070
黄康荣（广东）....... 071
黄玉庭（江苏）....... 071
黄志坚（广西）....... 072
吉铁兵（辽宁）....... 072
贾来发（云南）....... 073
蒋继辉（江苏）....... 074
金嗣水（上海）....... 074

李传春（河南）........075	王安静（北京）........091	张志玉（河南）........107
李　晗（河北）........075	王宝国（山西）........091	赵春岐（吉林）........108
李曼歌（辽宁）........076	王才储（四川）........092	赵巧叶（山西）........108
李秋彬（广东）........076	王海鸣（河北）........093	赵文亮（内蒙古）........109
李声满（湖南）........077	王纪波（安徽）........094	赵子龙（浙江）........109
李小玲（广东）........077	王克梅（甘肃）........095	单　佳（安徽）........110
李雪艳（黑龙江）....078	王　平（北京）........095	
梁仲英（广东）........078	王　旭（内蒙古）....096	**入围奖 / 111**
刘德胜（河北）........079	王学美（湖北）........096	卜祥杰（辽宁）........111
刘宏杰（河北）........079	吴贡明（江西）........097	蔡浩彬（广东）........111
刘如姬（福建）........080	谢　丹（广东）........097	曹甫成（江苏）........112
刘尚东（湖南）........081	谢　艳（湖南）........098	曹荐科（浙江）........112
刘世恩（北京）........082	谢　毅（辽宁）........098	曾　智（河南）........113
刘世枫（甘肃）........082	谢忠华（福建）........099	陈保红（上海）........113
刘晓岚（辽宁）........083	邢春红（黑龙江）....099	陈金来（江西）........114
刘学理（湖南）........083	邢建建（山东）........100	陈奎娟（河北）........114
刘雅萍（陕西）........084	徐　坤（湖北）........100	陈平平（湖北）........115
刘忠孝（北京）........084	闫　青（新疆）........101	陈其良（浙江）........115
卢金伟（重庆）........085	颜登荣（贵州）........101	陈维昌（湖南）........116
罗永珩（福建）........085	杨怀胜（山西）........102	陈　武（广东）........116
马建勋（北京）........086	杨建军（甘肃）........102	陈修歌（新疆）........117
马瑞新（山东）........086	杨　昭（河南）........103	陈中明（浙江）........117
孟凡武（浙江）........087	叶秀华（四川）........103	承　洁（江苏）........118
孟建国（陕西）........087	游秋娣（四川）........104	仇恒儒（江苏）........118
沈进龙（福建）........088	原振华（山西）........104	崔　健（内蒙古）........119
石先锋（湖南）........088	张昌武（湖北）........105	崔　鲲（湖北）........119
孙　群（上海）........089	张超平（广东）........105	崔长平（河南）........120
孙双凤（江苏）........089	张　川（德国）........106	王放鸣（四川）........121
唐春林（四川）........090	张富强（贵州）........106	单玉翠（河北）........122
唐黎杰（辽宁）........090	张会强（河北）........107	邓世广（新疆）........122

邓学英（黑龙江）....123	姜云涛（河北）.......138	李英俊（辽宁）.......154
丁　欣（江苏）.......123	蒋本正（新疆）.......138	李迎九（湖南）.......154
董永宁（海南）.......124	蒋　燕（四川）.......139	李永俊（贵州）.......155
段一鹏（新疆）.......124	周瑞生（湖南）.......140	梁孝平（山东）.......155
樊建功（河北）.......125	金大成（湖南）.......140	林　山（吉林）.......156
范振斌（北京）.......125	金荣广（广东）.......141	周　知（湖北）.......156
方怡香（湖南）.......126	靳朝忠（四川）.......141	刘宝明（天津）.......157
冯栾中（河北）.......126	柯　宏（江西）.......142	刘毕新（湖北）.......157
龚　波（江苏）.......127	柯向阳（湖北）.......142	刘丰田（辽宁）.......158
韩建华（辽宁）.......127	李世君（江苏）.......143	刘　峰（河北）.......158
韩开景（河南）.......128	兰　蔚（云南）.......144	刘海林（内蒙古）....159
韩　维（吉林）.......128	冷峭玉（北京）.......144	刘　俊（四川）.......159
韩晓楠（山西）.......129	李昊宸（吉林）.......145	刘鲁宁（上海）.......160
郝学敏（河北）.......129	李恒生（云南）.......145	刘啟超（湖北）.......160
何建勋（湖北）.......130	李焕功（山东）.......146	柳茂恒（湖北）.......161
何跨海（湖南）.......130	李金光（河南）.......146	刘志广（内蒙古）....161
何其三（安徽）.......131	李景霜（内蒙古）....147	罗长江（湖南）.......162
何玉明（河南）.......131	李　静（湖南）.......147	吕水昕（浙江）.......162
何智勇（浙江）.......132	李俊明（北京）.......148	马成君（黑龙江）....163
贺永粹（甘肃）.......132	李洛伍（河南）.......148	马卫东（山东）.......163
胡成彪（江苏）.......133	李明科（安徽）.......149	毛德慧（江苏）.......164
胡建业（江苏）.......133	李　朋（江苏）.......149	孟庆和（北京）.......164
黄才乐（广东）.......134	李荣聪（四川）.......150	牟国志（广东）.......165
黄金广（湖北）.......134	李如杰（湖北）.......150	牛　能（云南）.......165
黄良妹（海南）.......135	李如意（江西）.......151	潘　斌（辽宁）.......166
黄培锦（四川）.......135	李瑞河（江西）.......151	秦雪梅（四川）.......166
黄守东（北京）.......136	李太东（黑龙江）....152	邱秀蓉（广东）.......167
吉庆菊（贵州）.......136	李小英（湖北）.......152	饶岩生（福建）.......167
贾　丽（山东）.......137	李晓东（北京）.......153	荣西安（陕西）.......168
李　江（海南）.......137	李一信（河北）.......153	沙永松（湖北）.......168

邵　鑫（安徽）……169	王　永（河南）……184	张德新（黑龙江）….199
沈伟强（浙江）……169	王玉芝（黑龙江）….184	张国林（重庆）……199
沈忠辉（辽宁）……170	王云龙（辽宁）……185	张海贝（湖南）……200
盛文明（湖南）……170	王自容（重庆）……185	张建章（河北）……200
施维隆（福建）……171	王作书（吉林）……186	张景芳（吉林）……201
施榆生（福建）……171	魏新建（江苏）……186	张丽霞（江苏）……201
史继武（吉林）……172	吴国宗（浙江）……187	张　琳（重庆）……202
苏军霞（陕西）……172	吴　容（浙江）……187	张明友（贵州）……202
张东昌（河北）……173	项党芝（河南）……188	张青云（河南）……203
苏　燕（安徽）……173	肖红英（日本）……188	张万平（河北）……203
孙　燕（山东）……174	谢红平（湖南）……189	张彦京（山东）……204
孙忠英（河北）……174	谢鹏主（湖南）……189	赵安民（北京）……204
谭险峰（河北）……175	胥春丽（黑龙江）….190	赵晓生（河北）……205
唐海清（湖北）……175	徐东华（吉林）……190	赵忠亮（山东）……205
唐　敏（贵州）……176	徐　梅（山西）……191	郑邦利（海南）……206
唐秀玲（吉林）……176	徐青锋（北京）……191	郑武霖（湖南）……206
唐政夫（湖南）……177	徐士颜（内蒙古）……192	钟宝明（江西）……207
陶建锋（江苏）……177	徐中秋（浙江）……192	钟振振（江苏）……207
万全亭（山东）……178	许　明（广东）……193	周东胜（辽宁）……208
万文华（江西）……178	薛士赫（河北）……193	周美平（湖南）……208
王　博（上海）……179	闫赵玉（河南）……194	周乾凤（湖南）……209
王鼎三（河南）……179	杨桂章（江苏）……194	周拥军（湖南）……209
王纪强（山东）……180	杨继新（湖北）……195	朱厚宽（江苏）……210
王秦香（陕西）……180	杨业胜（河南）……195	朱礼乔（江西）……210
王少刚（吉林）……181	杨玉田（吉林）……196	邹积慧（黑龙江）….211
王淑梅（黑龙江）….181	于海锋（江苏）……196	禹瑞清（湖南）……212
王维民（山东）……182	俞安平（安徽）……197	周笃文颁奖仪式演讲
王新昌（河北）……182	臧振彪（北京）……197	……………………213
王亚华（山东）……183	翟萌曦（湖北）……198	综述 / 215
王亚萍（浙江）……183	张承安（江苏）……198	后记 / 228

名家题词

MING JIA TI CI

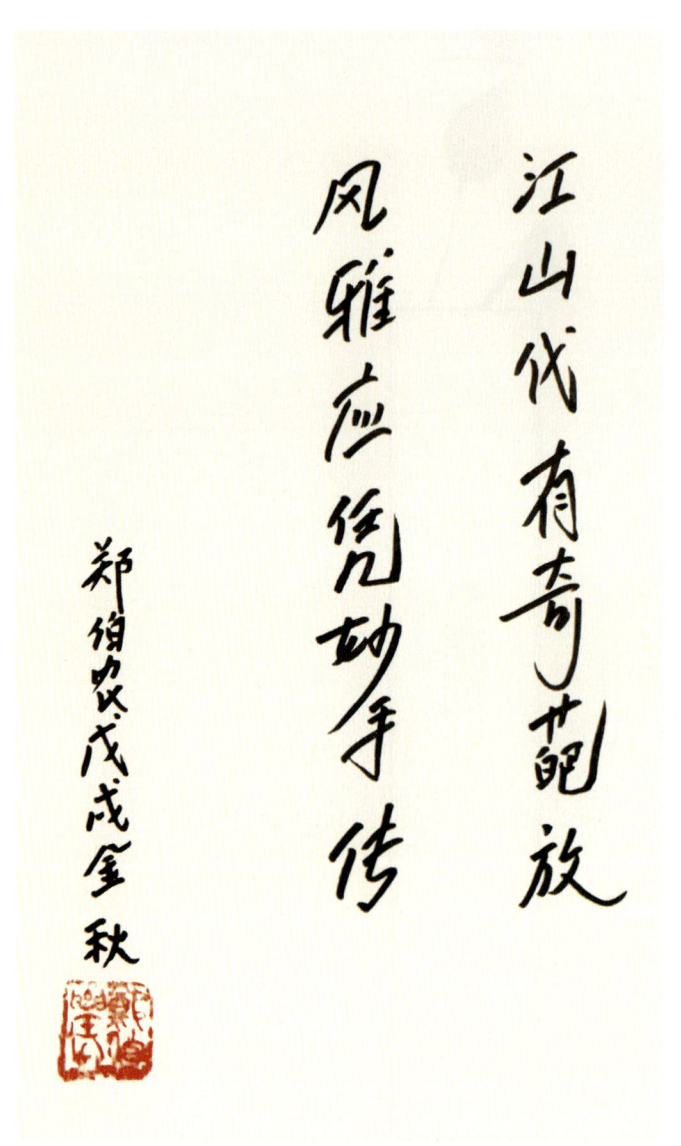

江山代有奇葩放,风雅应凭妙手传

郑伯农

中国作协全委会名誉委员、中华诗词学会驻会名誉会长、《中华诗词》主编、中国社会主义文艺学会名誉会长

诗国今番涌大潮,风华绝代竞妖娆。江山处处开生面,万紫千红在我曹

周笃文

中国新闻学院教授、中外文化研究所所长、中华诗词研究院顾问

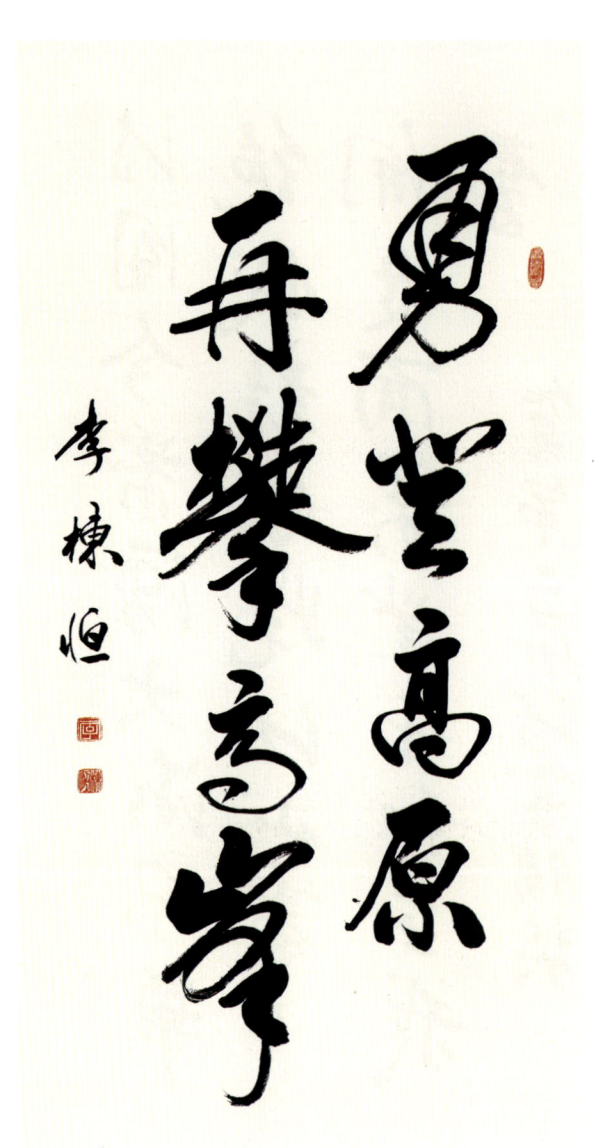

勇登高原，再攀高峰

李栋恒

解放军红叶诗社社长（中将）、中华诗词学会顾问

四海腾诗韵,九州赋国风

赵立凡

高级记者、中央电视台原副总编辑、央视网总顾问

名家题词

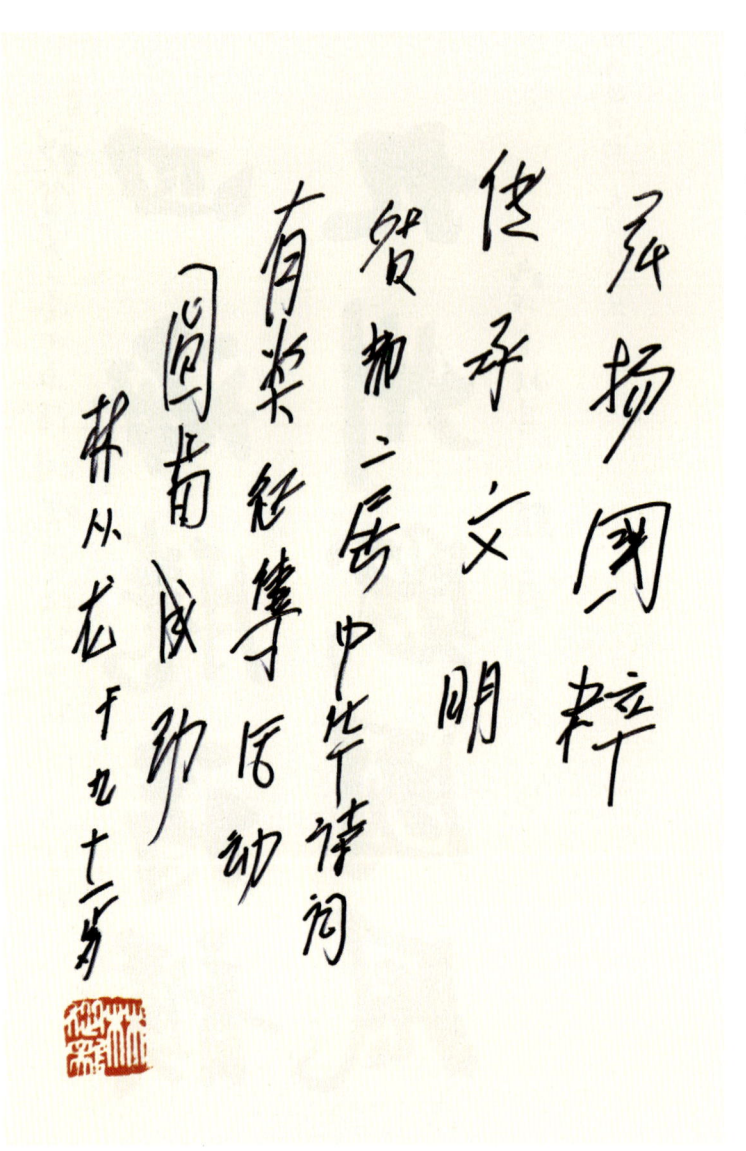

弘扬国粹,传承文明

弘扬国粹
使承文明
贺物二届中华诗词
有奖征集信动
圆者成功
林从龙千九七十岁

林从龙

中华诗词学会顾问、中国诗词研究会名誉会长、河南省文史研究馆馆员

李杜诗篇万古传,至今已觉不新鲜。江山代有才人出,各领风骚数百年

清·赵翼 论诗 邹德忠 书

邹德忠

中央国家机关书法家协会原常务副主席、中国书法家协会理事

江山还要文心养

蔡世平

国家一级作家,中国作协会员,国务院参事室、中央文史研究馆中华诗词研究院原常务副院长

许敬诗翁附骥尾，欣看词杰占鳌头

常　江

中国作协第六、七届全委会委员、中国自然资源作家协会名誉主席

有守人夸真品格，无私自见好诗词

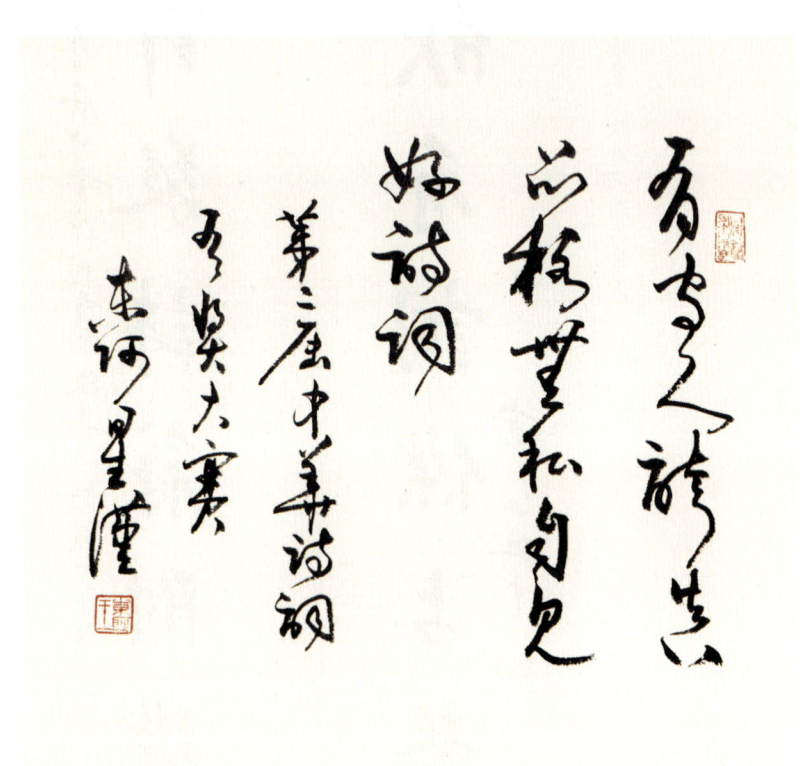

星　汉

中华诗词学会发起人之一、新疆师范大学文学院教授

专题报道

ZHUAN TI BAO DAO

第二届中华诗词有奖征集｜获奖作品集
专题报道｜新闻发布会

唱响新时代最美的中国声音

■ 一 鸣

2018年6月15日上午，第二届"中华诗词有奖征集"活动新闻发布会在中央电视台梅地亚中心隆重举行。来自新闻界各大媒体的记者、在京著名诗人以及社会各界知名人士一百余人参加了发布会。

第二届"中华诗词有奖征集"活动新闻发布会，首先由活动发起人、著名诗人、北京东方中国诗书画院院长刘迅甫做新闻发布。刘迅甫就活动背景、宗旨目的、筹备情况、奖项设置、评奖原则等进行详细的介绍和说明。

刘迅甫说，中华诗词是传统文化的精髓，是中华文明的瑰宝，是中华文化独特魅力之所在，滋养了一代又一代炎黄子孙。2017年首届"中华诗词大奖赛"得到海内外华人的热烈响应，历时一个月，征稿五万八千余首。众多精品佳作激活了中华诗词巨大的时代能量。第二届"中华诗词有奖征集"活动是首届"中华诗词大奖赛"的延续，旨在纪念中国改革开放四十周年、庆祝中华人民共和国成立七十周年、迎接中国共产党建党一百周年，进一步落实党的十九大精神，传承中华民族优秀传统文化，增强民族文化自信，激发海内外诗词爱好者的创作热情，催生更多的诗词精品，为时代立传，为人民放歌。以诗词作品讴歌祖国、礼赞生活、纪颂英雄、壮吟新时代；激发中华诗词的文化凝聚力，用美丽的中国文字演绎中华雄风、盛世气象，促进中华民族的伟大复兴。

第二届"中华诗词有奖征集"活动，由诗刊社、中国民族博览杂志社、中国诗书画网、北京东方中国诗书画院联合举办，面向海内外隆重征稿。

中华诗词学会副会长代雨东在致辞中说："第二届'中华诗词有奖征集'活动，是首届'中华诗词大奖赛'的延续，是当今诗坛一大盛事，我代表中华诗词学会对本次活动表示热烈祝贺。"就诗词创作和评选，代雨东表示：应该遵守规范化、注重艺术性、弘扬正能量，做到高标准、高境界、高格调，从而催生出富有时代精神、充满生命活力和艺术感染力的优秀作品。

著名诗人、诗刊社常务副主编商震在致辞中说："中华诗词是传统国粹，也是时代歌声。诗人要有强烈的时代责任感，诗歌要有介入现代生活的能力，要体现时代性、专业性和中华诗词的文化精神。诗刊社对本次活动非常重视，相信这次活动会成为复兴民族传统文化的一次经典盛事，能够催生新时代更多的精品佳作。"

中国民族博览杂志社副社长苏玉东在致辞中说："本次活动，对于传承中华民族传统文化、增强民族文化自信，意义重大。作为主办单位，我们要充分发挥平台作用，全力以赴做好工作，把活动办好，办出影响、办出成效，办成经典！"

中国作家协会原党组成员、中华诗词学会名誉会长、著名诗人郑伯农说："诗词热方兴未艾，举办第二届'中华诗词有奖征集'活动，必将给诗词界以新的冲击，促进诗词创作更加繁荣，催生当代'李白杜甫'，创作新作品，表现新时代。"

解放军红叶诗社社长、著名诗人李栋恒中将说："本次活动一定会激发大家的创作热情，在全国掀起一个热爱诗词、学习诗词、写作诗词的新高潮，催生一大批精品佳作，促进创作高原和高峰的出现。"

著名诗人周笃文说："盛世昌诗，古今同例。今天的中国，万象更新，进入了新的时代。习主席倡导的创建人类命运共同体，成为普天下的共识、最美的中国声音。而中华诗词正是这个理想的文化载体与最好的诠释者和传播者。第二届'中华诗词有奖征集'活动，定能激发普天下的诗人引吭高歌、吹响号角，为时代鼓劲，为真理发声。激发人民的才智，焕发创新的力量，使我们的明天更灿烂、更辉煌！" 85岁的周笃文老师还即兴赋诗：

国运兴隆诗运昌，中华文化焕奇光。

端阳佳节传佳讯，万马潮头势慨慷。

对本次活动予以特别支持的中德科技董事局主席陈泽峰表示："中华诗词是民族文化的瑰宝，滋养着每一个炎黄子孙的心灵。复兴民族优秀传统文化，人人有责。本次活动对于传承传统文化，激活时代能量，留住文化根脉，共同创建美丽中国具有重要的意义，我们将不遗余力地支持。"

离京出差的著名诗人、原中纪委委员、中国法律援助基金会会长、中华诗词学会顾问岳宣义将军，著名诗人、中华诗词学会副会长林峰特向本次新闻发布会发来贺信。 岳宣义说，通过举办这一活动，中华诗词将进一步弘扬为时代立传、为人民放歌的优良传统，在为实现中华民族伟大复兴中国梦呐喊鼓呼中，放射出更加璀璨的光芒！

林峰在贺信中表示：举办第二届"中华诗词有奖征集"活动，在中国改革开放四十周年之际，用中华诗词这种艺术形式来反映现实生活，讴歌伟大时代，既是对传统诗词的普及和推广，也是对中华优秀传统文化的继承和弘扬，其意义和影响都非同一般。

刘迅甫表示，本次活动将邀请全国著名诗家担任评委，采取匿名编号评选的方式，评选过程由公证处监督公证，确保评选的公正，诗歌的纯粹。

著名诗人赵立凡、蔡世平、初仁、刘能英、江岚、韦树定、李俞汶、戴平、李玉平、索青，著名歌唱家乌兰托娅，知名企业家陈建平等出席了本次新闻发布会。

本次活动还得到了中国楹联学会、中国诗歌网、中华诗词论坛、发现之旅《精彩世界》栏目、《诗意中国》栏目、中国人民解放军红叶诗社、北京诗词学会、河南诗词学会、陕西诗词学会、山西诗词学会、江西诗词学会、深圳诗词学会、香港诗词学会、台北市诗词学会、诗词家杂志社、诗词之友杂志社、黄河散曲社和北京润泽园茶业有限公司、中德（中国）环保有限公司、中外名人文化产业集团、北京梦起东方文化传媒有限公司、北京中视文煜文化传播有限公司等的特别关注和大力支持。

第二届"中华诗词有奖征集"活动新闻发布会由著名朗诵艺术家、《诗意中国》总导演张宏主持。

第二届中华诗词有奖征集 | 获奖作品集
专题报道 | 新闻发布会

新闻发布会

新闻发布会现场

启动仪式

合影留念

评审工作会议 | 评委

郑伯农

郑伯农，当代文艺评论家、诗词家。中国作协全委会名誉委员、中华诗词学会驻会名誉会长、《中华诗词》主编、中国社会主义文艺学会名誉会长。著有文艺评论集《在文艺论争中》《艺海听潮》《青史凭谁定是非》，诗词集《赠友人》《诗词与诗论》《古韵新风——郑伯农作品集》《楹联与诗联》《京华吟草》等。

观特朗普挥舞"制裁"大棒

山姆发威急，八方施制裁。
有心称霸主，无力压群才。
潮进逆流涌，人狂信口开。
小球须共建，作孽必遭灾。

周笃文

1934年生,湖南汨罗人。中国新闻学院教授、中华诗词研究院顾问、中华诗词学会顾问、中华诗词大会首席顾问等。著有《宋词》《宋百家词选》《全宋词评注》《周笃文诗词论丛》、创作有《影珠书屋吟稿》《天风集》《雁栖湖会都赋》《鲲鹏赋》等。

贺第二届诗赛颁奖

诗国今番涌大潮,风华绝代竞妖娆。
江山处处开生面,万紫千红在我曹。

李栋恒

河南南阳人，解放军原总装备部副政委，陆军中将，中共十六届中央委员，政协全国十一届委员会常务委员。现任中华诗词学会顾问，解放军红叶诗社社长。出版有《李栋恒将军诗词书法作品集》（四卷）、《李栋恒诗词选》。

破阵子·忆率部演习

　　冲破周天雪幕，碾开冻地冰河。掠阵战车咆若虎，扑敌官兵卷似波。杀声惊恶魔。

　　踏遍千山曲径，枕温万夜霜戈。练就雄师无敌术，谱出长城永固歌。壮心今未磨！

商 震

1960年生于辽宁省营口市。曾任《人民文学》诗歌编辑、《人民文学》副主编、《诗刊》常务副主编，现为中国作家出版社副总编。出版诗集《大漠孤烟》《无序排队》《半张脸》《琥珀集》《食物链》，散文随笔集《三余堂散记》《三余堂散记续编》等。

雪意迟

寒蝉已歇冷霜来，垂柳无魂雁更哀。
不负西风吹梦醒，红梅笑待雪中开。

代雨东

1966年生，安徽蒙城人。中国作家协会会员、中华诗词学会副会长、中国人民解放军红叶诗社副社长、北京师范大学国学院特聘教授、北京师范大学国学院诗词研究与创作中心主任、中央财经大学研究员、北京大学公共政策研究所研究员、中国电影评论学会副会长等；出版诗集《代雨东诗词选集》《清诗谭》《风诗人》《雨珍集》《雪影集》《花影集》，长篇小说《白墙》等十余篇。

水调歌头·有感于第一艘国产航母下水

驶在大洋上，出鞘露寒光。试看江天万里，不再锁悲凉。犹如云涛仙子，更似天神利器，纵去亦无疆。豪气冲霄汉，四海保安康。

浪花里，未寂静，少彷徨。三千好景，何如故里旧池塘。不用沉思美酒，满目惊涛骇浪，依然醉潇湘。安问英雄意，壮士亮银枪。

李少君

1967年生，湖南湘乡人，1989年毕业于武汉大学新闻系，主要著作有《自然集》《草根集》《神降临的小站》等，被誉为"自然诗人"。曾任《天涯》杂志主编，海南省文联副主席，现为《诗刊》主编，一级作家。

西山如隐

　　寒冬如期而至，风霜沾染衣裳，清冷的疏影勾勒山之肃静轮廓。万物无所事事，也无所期盼。我亦如此，每日里宅在家中，饮茶读诗，也没别的消遣，看三两小雀在窗外枯枝上跳跃。但我啊！从来就安于现状，也从不担心被世间忽略存在感；偶尔，我也暗藏一丁点小秘密，比如，若可选择，我愿意成为西山。这个北京冬天里最清静无为的隐修士，端坐一方，静候每一位前来探访的友人，让他们感到冒着风寒专程赶来是值得的。

张桂兴

1944年生于河北隆尧县，现为中华诗词学会顾问、北京诗词学会书记，主编《中华诗词文库》（北京现当代卷）《诗论选》《燕京诗韵（丛书）》等。著有诗集《鸟巢集》《路石集（张桂兴卷）》等。

水调歌头·"一带一路"北京峰会

　　古老丝绸路，今日续辉煌。京城首届峰会，四海聚东方。细述炎黄故事，热议中华方案，众目看龙翔。专列驰欧亚，船舰越重洋。

　　君记否？驼玲脆，大漠荒。千年古道，宁枯不烂那胡杨！物有今生明灭，世有兴衰转换，实事论朝纲。万朵烟花里，茉莉绽芬芳。

蔡世平

国家一级作家,中国作家协会会员,中央文史研究馆中华诗词研究院原常务副院长、中国当代诗词研究所所长、中国楹联学会顾问;主要作品集有:词集《南园词》《南园词二百首》《21世纪新锐吟家诗词编年》、楹联集《南园楹联》、散文集《大漠兵谣》、诗论集《中华诗词现代化散论》。蔡世平的"南园词"被学界称之为"词体复活的'标本'"。部分"南园词"亦由《人民文学外文版》译介到国外。

凤凰台上忆吹箫·秋天

晓梦微红,鸡鸣不已,由她啄破秋皮。看秋天淡淡,云影低低。处处山山水水,情怯怯,秋色迷迷。家乡近,桃溪脉脉,木叶依依。

归。归。问秋无语,总萍踪淼淼,辜负归期。要秋花许诺,旧约休提。莫说秋风南浦,人却在,茵梦湖西。趁今日,秋阳好好,晒晒乡衣。

刘迅甫

河南沈丘人，现为：中国作家协会会员、中国书法家协会会员、中华诗书画委员会委员、中华诗词学会常务理事、中国诗书画网创始人、中国诗歌学会书画艺术委员会副主任、中国绘画艺术研究院副院长、北京师范大学国学院客座教授、北京师范大学国学院诗词研究与创作中心常务副主任、北京东方中国诗书画院院长。著有诗集《屋檐雨》《三月雪》《八咏堂吟草》《农民工之歌》《刘迅甫绝句精选》《刘迅甫绝句三百首》。

慈母三章

写给慈母

人生百味苦先尝，
萱树慈龄挂满霜。
寸草春晖儿未报，
四时冷暖总牵肠。

与娘荡秋千

霜飞两鬓已成翁，
娘荡秋千儿攥绳。
犹记嗔娇怀抱里，
天真依旧是顽童。

家中有佛

雪雨风霜浸德身，
慈航九转万般辛。
家中有佛堂前母，
祈福无须拜鬼神。

刘能英

中国作家协会会员、中国自然资源作家协会驻会签约作家、鲁院第二十二届中青年作家高级研讨班学员、《诗刊》编辑、嘉兴市文化创意大使。获2014年度诗刊"子曰"青年诗人奖,有诗联作品多处勒石刻碑。著有诗词选集《长安行》、合集《行行重行行》。

生查子·戊戌立秋后二日

云提影子跑,叶被风叼走。
潜伏草丛中,独眼邻家狗。
感恩先主人,值此孤坟守。
历夏又经秋,一晃三年久。

常 江

本名成其昌,满族,诗人、楹联艺术家、文化学者。现为中国楹联学会对联文化研究院名誉院长、《中华辞赋》顾问、国家图书馆特聘教授、中国自然资源作家协会名誉主席。有各种著述六十余部,包括十二卷《常江文集》。

中华诗词学会成立感赋

自古骚坛多胜事,何如雅集盛于今。
春风满座丝纶手,妙语连珠慷慨心。
唐宋以来诗汇海,清明过后喜盈门。
焚琴煮鹤归昨日,且将杯酒唤灵均。

蒋有泉

男，汉族，1945年生于浙江宁波奉化。曾任新华社校对中心主任、中广联党委常务副书记。现为中国楹联学会顾问、中华诗词学会顾问、中央电视台中国网络电视台艺术顾问、野草诗社名誉社长兼理事长等，著有《百家联稿·七集》等，主编《中国对联集成》八卷，计1800万字，主编《华夏之光》《龙腾盛世》《清联三百副》等诗联书籍。

观鱼承慧池

水不扬波纳碧空，坐观日影伴鲤红。
三千魂梦流星外，无尽机关一袖中。

注："承慧池"位于北京龙潭湖畔"飞龙阁"下，内养红鲤数千尾。

杨逸明

1948年8月生于上海,祖籍江苏无锡。中华诗词学会第二届、第三届副会长。现为中国作家协会会员、中华诗词学会顾问、上海诗词学会副会长、《上海诗词》主编。已出版诗词选集有《飞瀑集》《新风集》《古韵新风》《路石集》等。

重阳登高

昨宵秋气过淮扬,今起江南骤觉凉。
叶被吹干声转脆,山因消瘦色添黄。
满天星斗登楼近,千古悲欢入句忙。
清梦正追前哲去,篱边泽畔共徜徉。

星　汉

星汉，姓王，字浩之，1947年5月生，山东省东阿县人。新疆师范大学文学院教授。中华诗词学会发起人之一，任第二届、第三届副会长，现为中华诗词学会顾问、新疆诗词学会会长。出版有《清代西域诗研究》《天山东望集》等20余种。

宿开江郊外寄内

絮叨多电话，总问几时还。
白发今生老，红尘何日闲。
幽泉流蝶梦，夜雨落巴山。
莫把归期数，明朝出玉关。

熊东遨

别署忆雪堂，湖南宁乡人。湖南省文史馆馆员，第七届鲁迅文学奖评审委员，中国楹联学会、新华诗社、诗刊子曰诗社顾问，中华诗词学会常务理事，湖南诗词协会副会长。出版有《诗词曲联入门》《古今名联选评》《诗词医案拾例》等专著三十余种。2015年获"诗词中国·最具影响力诗人"称号；2017年获《诗刊》"陈子昂年度诗词奖"。

登太白楼怀诗仙太白

前身位已列仙班，何用长安近圣颜。
天性只宜杯得宠，好诗多与月相关。
无边野色供孤啸，百味人生取一闲。
寄语寰中登眺客，此峰能仰不能攀。

吴北如

1956年生，中华诗词培教中心研修班导师，惠州市诗词楹联学会顾问，《松溪诗社》名誉社长，编著《松溪诗词选》。曾主编（合作）《新时期大学生诗词选》《跨世纪中学生诗词选》《当代绝句三百首》。作品《斥南海仲裁》被著名书法家徐化难书写成作品，选入2017年《世界知识画报·两会艺术专刊》。

戊戌重阳咏菊

九月风高四野霜，
姚黄欲语满庭芳。
寒凝翠朵枝头雪，
烧旺金秋百草伤。

江 岚

1968年生,河南省信阳市人,中国人民大学文学硕士,曾供职于中华全国总工会教科文卫体工会。现任《诗刊》编辑部副主任、子曰诗社秘书长。著有旧体诗选《听雨庐诗稿》,作品散见于国内各诗词刊物及云帆、小楼、搜韵等微信平台。

秋日过奉节兴隆镇鑫鼎假日宾馆午后

华馆秋高桂子黄,
飞云冉冉过山梁。
流连树下采诗句,
倒入囊中分外香。

李葆国

现为中华诗词学会学术部副主任、北京诗词学会副会长。

题画百里峡

层岩几度劫成灰,深涧苍苔认序回。
垂鳞悬针天一线,乱峰迴瀑石千堆。
斧斤岁月虹生雨,壁指星云剑作雷。
险处从知汗能冷,且行且止莫贪杯。

韦树定

网名韦散木,斋号无量春愁室。1988年2月生于广西壮族自治区河池市,壮族。现系《诗刊》诗词编辑,首都师范大学继续教育学院书法专业诗词课程讲师。著有诗集《无量春愁集》。

甲午初夏过圆明园

临榭骄阳似火明,夏宫盛况复经营。
谁知石缝劫灰沃,芳草年年忍痛生。

李俞汶

李俞汶（原名李文娟），1972年生于山西太谷。现为《中国民族博览》杂志社编委、中国美协中国重彩画研究会会员，中国绘画艺术研究院艺委会委员、研究员，中华诗词学会会员，中华诗词论坛高级顾问，北京东方中国诗书画院常务副院长，北京市东城区第十三届妇女代表。出版有《俞汶诗画》《李俞汶绘画专集》，作品在《中国民族博览》《中国工笔画艺术家研究》《诗刊》《海外文摘》《中华慈善》《中华诗词》等刊物发表。诗词作品曾获首届"诗词中国"大赛一等奖。

七律·古崖居

紫燕穿荣玉柳梳，神工鬼斧仰天渠。
千峰列阵倚云立，百洞回环近日居。
人隐松崖岚绕户，路通霄汉步凌虚。
今来古往皆成谜，四壁风烟可醉余。

注：古崖居，坐落在北京市延庆区境内的一条峡谷中，原为不见史志记载的古先民在陡峭的岩崖上开凿的岩居洞穴，迄今仍为千古之谜。

戴 平

江苏泗阳人,笔名云山、戴一鸣、泗水书生。教育学者、诗人、文艺评论家。中华诗词学会会员。曾任《河南教研》编辑部主任、《中学政史地》编辑部主任。著有诗集《绿叶如来》、教育文集《心灵的滋养》《送你一双水晶鞋》、文艺评论集《文心指月》等。

五律·冬至咏树

老树临冬极,霜枝铁骨铮。
寒流飞雪刃,厚土作干城。
风劲歌慷慨,天空影纵横。
春心深似海,相伴一阳生。

朱继彪

又名朱继标,号双阁居士,1953年10月生,河南永城刘河镇双阁村人。现为中华诗词学会会员、河南诗词学会副会长、永城市诗词学会会长、第七届华夏诗词奖一等奖获得者;另多次在中华诗词学会举办的全国大赛中获等级奖;在河南大赛中获特等奖等。诗风追求雄健舒畅、平易流美。出版个人诗集《双阁诗稿》《大道诗心》等。

七律·斥台独分子

千秋大义汝能担?任是翻波搅雾岚。
仰息狺狺分鼎九,倚槐吒吒梦春三。
马牛襟袖蚍蜉树,水乳江河日月潭。
万象乾坤归有道,终由西北达东南。

崔兆全

字瑞安，号剑门山人，四川剑阁人。中华诗词学会会员、四川省作家协会会员，第一届、第二届中华诗词大奖赛评委。在《中华诗词》《中华辞赋》《岷峨诗稿》《星星诗词》《四川日报》《诗词吾爱》等报纸、杂志和网站，先后发表诗作数百篇。有诗作入选中国诗词珍藏版《二月二诗书名家雅集》《中华当代诗词·四川卷》等。

百花潭古银杏

出生唐代越千年，历尽沧桑鹤语虔。
气若龙蟠黄锦上，状如虹饮碧云边。
一身刚直馋虫远，五味和齐瘦果鲜。
但与百花长作伴，何愁寿不及神仙。

戴丽娜

满族，黑龙江省望奎县人。中华诗词学会理事、望奎县诗词协会副会长，现任《中华辞赋》杂志社编辑部副主任。作品曾获中华诗词第三届"华夏杯"金奖。

过农人庄

出关入辽阔，野意久相违。
空翠光风浴，虚明雪鹭飞。
一畦理时稼，几处采春薇。
墟落炊烟起，晏如人外稀。

韩倚云

河北保定人,现居北京市海淀区。工学博士后、副教授,研究方向:航天宇航技术、机器人、加速寿命试验。余力为文。中国标准化委员会冶金分会副主任委员、北京诗词学会副会长。

回乡过黄金台遗址

今古大贤谁爱财,君王何必广招徕。
领兵乐毅人何在,行刺荆轲事更哀。
仍抱清风归易水,重开新路过燕台。
若非此地乡音好,堆满黄金我不来。

谢海衡

笔名青剑,中国作家协会会员,中国作家协会中国诗歌网旧体诗编辑,中国出版集团中华书局"诗词中国"广东站长。作品散见于《光明日报》《诗刊》《中华诗词》等全国各大报纸刊物,获奖全国诗词诗歌大赛多次及担任全国诗词诗歌赛事评委,中国作家协会首届中青年作家班学员,受邀参加录制中央电视台第一届《中国诗词大会》。

韩江夜色

韩水萧萧夏易秋,江风拂柳月如钩。
轻舟几处无人影,惟见新枝立白鸥。

金　锐

北京人，《中国教师报文化周刊》主编，中国楹联论坛执行站长。

河间毛苌公墓

昔谓瀛洲者，九河燕赵分。
霜侵青野树，风断太行云。
周雅蒿莱拾，儒宫瓦砾焚。
那堪为吊客，垂涕对荒坟。

第二届中华诗词有奖征集 | 获奖作品集
专题报道 | 颁奖仪式

◎ 中国作家协会党组成员、书记处书记、副主席，第十三届全国人大常委会委员吉狄马加作重要讲话

◎ 郑伯农讲话

◎ 周笃文点评获奖作品

◎ 代雨东介绍评审情况

第二届中华诗词有奖征集 | 获奖作品集
颁奖仪式 | 专题报道

◎ 晨松宣读公证词

◎ 刘迅甫介绍活动情况

◎ 邹德忠赠书法作品

◎ 中国教育电视台、环球旅游频道主持人
张松松主持节目

045

第二届中华诗词有奖征集 | 获奖作品集
专题报道 | 颁奖仪式

◎ 李栋恒（右一）、白庚胜（左二）、代雨东（左一）为一等奖获得者王天明（右二）颁奖

◎ 李少君（右一）、赵立凡（左一）、全总机关工会主席边杰光（左二）、为二等奖获奖者周少泉（左三）、黄炎清（右二）颁奖

◎ 蔡世平（左一）、中国教科文工会主席陈志标（左二）、苏玉东（左四）、张桂兴（右二）、常江（右四）为三等奖获奖者许东良（右一）、胡方元（右三）、张志红（左三）、陈东彩（中）颁奖

◎ 中国诗书画网执行主编李俞汶（左一）、北京润泽园茶叶有限公司董事长陈宗焕（右一）为入围奖代表赵安民（中）颁奖

◎ 诗刊社中国诗歌网总编辑金石开（左一）、诗刊社编辑刘能英（右一）为优秀奖代表王安静（中）颁奖

◎ 颁奖仪式活动现场

© 与会人员合影留念

◎ 国家一级演员、朗诵表演艺术家王世贵

◎ 国家一级演员、朗诵表演艺术家雷瑞琴

◎ 著名话剧表演艺术家冯福生

第二届中华诗词有奖征集 | 获奖作品集
专题报道 | 颁奖仪式

◎ 北京朗诵艺术团团长郑健康

◎ 北京朗诵艺术团艺术新秀孙宇柯

◎ 国家一级演员、表演艺术家王慧源

公证词

中华人民共和国北京市长安公证处

公　证　书

（2018）京长安内经证字第 48379 号

申请人：北京东方中国诗书画院

统一社会信用代码：5211000058080045X3

住所：北京市东城区地安门东大街 70-1 号

法定代表人：刘迅甫，男，一九六一年十月一日出生，公民身份号码：412728196110010059

公证事项：现场监督公证

申请人北京东方中国诗书画院于二〇一八年九月十三日向本公证处提出申请，申请本处对其举办的"第二届中华诗词有奖征集活动"终评阶段的终评过程进行现场监督。

经审查，北京东方中国诗书画院向本处提交的民办非企业单位登记证书、法定代表人身份证、法定代表人身份证明、本次活动的评奖规则等均真实、有效；北京东方中国诗书画院具有举办该项活动的合法资格。

依据《中华人民共和国公证法》和《公证程序规则》的规定，本公证员和公证员助理戴岳于二〇一八年十月十一日上午九时，来到北京市龙脉温泉大酒店五层会议室，对申请人举办的"第二届中华诗词有奖征集活动"终评阶段的终评过程进行了现场监督和审查。经现场审查和监督，本次大赛终评阶段共评选出一等奖一名、二等奖三名、三等奖六名、优秀奖九十名，具体获奖作品名单详见附件。

依据上述事实，兹证明：上述评奖活动，符合预先制定的评奖规则；评奖的过程及评奖结果均真实、有效。

附件：第二届"中华诗词有奖征集"活动获奖结果。

中华人民共和国北京市长安公证处

公 证 员

二〇一八年十月十一日

获奖作品

HUO JIANG ZUO PIN

一等奖

王天明（河北）

定风波·国产航母下水

自古重洋勇者行，蛟龙入水引潮声。映日红旗天际远，舒卷，征途万朵浪花迎。

极目云横风起处，何惧？官兵铁骨已铮铮。一任惊涛如猛虎，航母，今于海上筑长城。

武以立国，文以安民，乃吾祖古训。国字从戈、族字从矢，其义昭然。此词从航母下水着笔，可谓立论正大。上片用蛟龙引潮、红旗卷浪烘托。下片复连用铮铮铁骨、海上长城补足。可谓豪情万丈、挥斥有声之力作。

——周笃文点评

本篇短短62个字，上片写航母下水游弋驰骋，下片写狂风骤起冷静面对。貌似随意的叙述中含有深意，写出了我们的国威、军威、国魂、军魂。这是一首气魄宏伟、音调铿锵、寓意深长的好词。

——郑伯农点评

二等奖

戴苏裕（澳洲）

中秋澳洲望月

重洋远渡几回肠，身在天涯梦未央。
异国春风梳柳翠，故园秋色应花黄。①
魂萦李杜千年韵，心系爹娘两鬓霜。
又是夜阑人不寐，乡关明月照诗床。

　　思乡，自古以来是诗词创作的常见主题，反映了人之常情。作者"重洋远渡""身在天涯"，所思不仅是故乡山水、故国花黄、霜鬓爹娘，还"魂萦李杜千年韵"，乃至于"又是夜阑人不寐，乡关明月照诗床"。前联合国执行局主席特一维叟·莱特，曾在一档电视访谈节目中对着西方观众说，"中国人并非没有信仰。只是他们信仰的是自己的祖先而不是宗教人物，所以'落叶归根'就是中国人的精神信仰、'不给祖先蒙羞'、'荣归故里'就是中国人的奋斗目标。正是基于这种对故乡，对祖先的敬仰使得中国人特别能隐忍，即使在最艰难的时候也不会抱怨，相反更是充满了对故乡的羞愧，成为在逆境中自我鞭策的动力。西方人信仰宗教，让人学会'忏悔与奉献'；中国人则是对传承的信仰，所以他们生来就懂得'继承与奋斗'。"中国人不仅有信仰，而且至今已延续数千年，早已融入了血液之中。这段话，也许以西人之口，为此诗作了最好的诠释。诗中反映的不仅是一般的思亲、思乡、思土，更是表达了对中国传统文化的深深眷恋，对祖国、祖宗、祖先的拳拳敬仰，是一篇思根、思源、思奋，反映中华儿女广博情怀和巨大凝聚力的佳篇力作。

——李栋恒点评

①注：北半球秋季，澳洲正值春天。

黄炎清（江西）

沁园春·塞罕坝精神赞

　　一面红旗，三代青年，百里翠屏。正鹰翔坝上，清溪束练，云浮岭表，林海涛声。北拒沙流，西连太岳，拱卫京津百万兵。凝眸处、邈苍烟一抹，绿色长城。

　　曾经岁月峥嵘。况览镜衰颜白发生。忆荒原拓路，黄尘蔽日，禽迁兽遁，石走沙鸣。沧海桑田，人间奇迹，山水云霞无限情。春来也、听奔雷击鼓，布谷催耕。

　　塞罕坝位于河北承德北部。历史上，塞罕坝地域广袤，树木参天，曾经是皇家狩猎场。但到了清晚期以后，由于开围放垦，过度采伐和农牧活动增多，森林遭到严重破坏，到新中国成立初期，此地变成了自然环境十分恶劣的沙地荒原。二十世纪六十年代以来，经过国家的支持以及几代务林人的奉献奋斗，创造了一个变荒原为林海、让沙漠成绿洲的绿色奇迹。这个奇迹就是这首长调词所写的"塞罕坝精神"。

　　这首词上半阕写塞罕坝当前的美景和作用、地位。词起拍就用"一面红旗"来象征塞罕坝精神，把它比作一面旗帜，也是三代塞罕坝人在这面旗帜下，用心血、汗水和生命凝结而成的百里翠屏。接着后四句是展开写塞罕坝的具体景色，分别有飞翔的鹰，清如白练的溪水，山岭上的云和林海涛声等。再接着后三句是写塞罕坝的地理位置和作用，写它从北面阻挡了流沙，西面连着太岳，就像百万雄师一样拱卫着京津地区。歇拍所写的"绿色长城"，就指的是塞罕坝在我国的环保地位，和长城在古代军事上的地位一样重要。

　　下半阕过拍二句笔触转折，因回忆引发感慨。中间用四句回忆到塞罕坝治理之前的凋敝恶劣景象。"沧海桑田"三句是写治理过程和治理后的感叹，是承接上文基础上引发出来的。末三句用春天"奔雷击鼓，布谷催耕"的意象来激发塞罕坝不断奋进的精神，也充满了人们对塞罕坝美好未来的憧憬。这首词整体章法紧密得体，气势磅礴，音调激昂高亢，运用形象诗意的语言表达了抽象的精神概念。

——李少君点评

周少泉（广东）

贺新郎·"一带一路"颂

大道龙腾美。振唐音、飞天纵马，长安峰会。千古冰融飘花雨，西域畅通霞蔚。漫月笛、春风秋水。逐梦昆仑霓纛灿，揽星垂大野长河沛。青史耀，更无愧。

阳关进酒群贤醉。总难忘、啸雷山海，放歌宏伟。金石和鸣铜琶亮，共品中华情味。破巨浪、云樯齐汇。带路宏开连寰宇，舞丝绸、高铁迎驼队。燃烈日，血盈沸。

此词当属豪放派。"一带一路"是典型的现实题材、大题目。作者将言志、抒情、寄意融为一体，展示了"一带一路"的壮阔画面。

大道龙腾，飞天纵马，起势宏大。冰融霞蔚，月笛悠扬，星霓璀璨，江河澎湃，描写了丝绸之路的万千气象。时至今日，更是啸雷山海，金石和鸣，巨轮班列通向五洲四海，此情此景怎不让人热血沸腾。

此词立意高清，视野阔大，语言清雅。词"以雅正为尚，不雅不足言词"。

——张桂兴点评

三等奖

胡方元（河北）

七绝·白玉兰

恻恻轻寒新雨微，亭亭春树绽花肥。
恍如白鸟栖枝满，一着东风便欲飞。

明代诗人张茂吴有咏兰佳句："但有一枝堪比玉，何须九畹始征兰"玉兰之雅名由此盛传。用"玉"喻"兰"，本已高洁、典雅，然用"白鸟"再喻"白玉兰"，在高雅的基础上，更添动感，全诗果然就"一着东风便欲飞"，实在生动形象。

——刘能英点评

陈东彩（广东）

金缕曲·过兰考咏泡桐兼怀焦裕禄

　　小序：兰考泡桐系当年焦裕禄书记为防风固沙而植，因长于沙地，其板材透音性独好，适为乐器。今兰考有泡桐近百万亩，乐器厂数百家，以泡桐为材质之各种乐器畅销海内外，兰考人也因之脱贫致富，摘去"贫困县"之帽。词以记之。

　　入耳听清脆。遏行云，玉盘珠落，分明焦尾。为问筝琶音何好，道是泡桐镌制。出兰考，软沙平地。弹彻神州同筑梦，已送穷，了却平生意。堪告慰，老书记。

　　古琴声里追前事。忆当年，黄河故道，风沙狂起。长夜忧劳终成病，扶病植桐成垒。阻尘暴，森森列峙。望里峥嵘连万顷，尽甘棠，叶叶民心系。桐荫下，一挥泪。

　　这首词寄意高远，语言明快，感情丰沛，意象鲜明，格调高雅，承转有度，与习近平同志《念奴娇·追思焦裕禄》"百姓谁不爱好官？把泪焦桐成雨""为官一任，造福一方，遂了平生意"有异曲同工之妙。

——商震点评

彭子辉（湖南）

遥瞰三沙

舷窗之外白云多，云下粼粼见碧波。
南海早归秦郡县，西沙自是汉山河。
摇风椰树拭春镜。剪浪渔船织玉梭。
千顷银滩红一点，国旗飘处有军歌。

此首《遥瞰三沙》，作者通过"舷窗""白云""碧波"以及"摇风椰树""剪浪渔船"，几组简单的意象，构成了一幅意境开阔、气势奔放、绚丽多姿的南海胜景。其间，作者引笔妙点，显证了神圣不可侵犯的国之疆土。全诗用字遣词，色彩搭配，动静组合，明雅清新，别具心得。尾联笔锋一转"千顷银滩红一点，国旗飘处有军歌。"独特构思喻国威之壮，其深长意味，妙在其中。

——刘迅甫点评

阙东明（湖北）

筑路工

野岭月笼纱，驱寒雪煮茶。
镐飞晨露湿，锹舞夕阳斜。
足印千程旅，工棚万里家。
回眸高速路，呼啸已天涯。

　　起句便将时间、地域、环境及其变化，与筑路人的艰辛融为一体，到工棚万里家，似乎已将意思表达完备。如到此收尾，则没有时代感，哪个年代的筑路工不是这样？然而，作者一回眸，看到了自己修筑的高速公路，直到天涯，便让人领略了近四十年中国呼啸前进的速度，以及筑路工的喜悦与自豪。

——常江点评

许东良（安徽）

青玉案·环卫工人

晓天犹挂星无数。已扫遍、霜尘路。专用斗车闲不住。才穿陋巷，又临豪墅，如影同朝暮。

满城攘攘多灰土。自顾清街净千户。低唱红歌头顶雾。仰瞻俯探，但愁帚短，难及高深处。

此阕《青玉案·环卫工人》，观察精微，灵感敏锐，所造语言，优美生动，意切情真。不喻风物，形象自出。尤其结句"仰瞻俯探，但愁帚短，难及高深处。"极简用笔，高格调远，言外之意，可发人深省也……

——刘迅甫点评

张志红（贵州）

秋思

远树无红叶，平原有淡黄。
乡思如稻子，粒粒满心房。

"无红叶""有淡黄"，秋之色彩，惹人怜爱；秋之原野，结满"乡思""谷粒"饱满，堆满粮仓，也堆满诗人"心房"。如此乡思，非"别才"莫属。后二句尤佳，从传统诗句中翻出新意，读之过目不忘。

——蔡世平点评

优秀奖获奖作品

巴晓芳（湖北）

访涿鹿黄帝城遗址

野草青青漫土墙，荒郊谁复记沧桑。
洛阳铲下传音信，黄帝城头是战场。
烽火烟消炊火起，豳风声婉楚风狂。
蛮夷华夏今何辩，三祖堂前共敬香。

曹艳玲（吉林）

七律·东风引

——写在党的十九大后第一个春节

又换桃符纳吉祥，天开愿景地增光。
牛铃奏响脱贫曲，燕子衔来致富方。
正气昭苏民庆幸，清风蔚起国荣昌。
春潮正洽新时代，岁月无忧话小康。

曾玉堂（广东）

竹韵

笋衣初褪嫩幽篁，细雨裁来燕尾装。
待到雷公敲战鼓，千排万队满山岗。

曾 志（湖北）

精准扶贫下乡琐记

谁道山深远物华？春风送绿到人家。
樱桃趁取韶阳暖，抖擞新开一树花。

陈云芳（新疆）

夏日黄昏后

月色朦胧树影低，清茶数盏老夫妻。
远方儿女农闲事，都做轻风入话题。

程良宝（陕西）

鹧鸪天·昆仑鞍马巡边

鞍上风流谁与争，戎装励我戍边城。领花恰似梅花绽，军马犹如龙马腾。

朝踏雪，夜巡星，关山明月惹诗情。清辉洒在兵怀里，吟出铿锵得得声。

代　群（河南）

鹧鸪天·老区新貌

青瓦红楼户户新，将军故里梦成真。彩桥飞架三江水，高铁往来四海人。

溪水碧，野茶淳，红歌米酒醉朋宾。离家数载人成客，一路寻来叩错门。

丁向辉（河北）

暑日街头即景（三首）

修车摊告示

纸板分明树上悬，老妻强令歇三天。
扎胎勿躁君呼我，片刻归来到眼前。

三轮车夫

竹椅轻鼾柳树旁，出车间隙得追凉。
路人相唤妻摇手，笑指夫君睡正香。

装卸工

怪道相呼未答腔，横铺草席卧乘凉。
乱蝉苦热声声急，无碍披襟午梦香。

傅筱萍（江西）

水调歌头·医生

才进家门口，电话几催鞭！转身重返诊室，凝伫术台前。不计饥肠辘辘，哪管惊雷闪电，拨雨任风颠。患者苦无寐，医者岂安眠！

白衣下，银针处，血相连。灵心玉质同绿，慈手一航牵。微笑春风阵阵，问切清泉汩汩，何较有无钱？生命泰山重，大爱托双肩！

傅　渊（湖南）

母亲节怀母

思念如今挂在墙，万千大爱镜中藏。
年轮已改框边色，唯有慈颜不发黄。

高怀柱（山东）

鹧鸪天·留守女童

放学归来不进家，打筐猪草走南洼。七旬祖母常多病，一日三餐还靠她。

通电话，到天涯，优良成绩报爹妈。有时也觉伶仃苦，呆坐窗前抹泪花。

高　云（湖北）

定风波·参军

锣鼓喧天唢呐鸣，岳家朋客满门庭。匾额高悬楣上挂，佳话，喜闻虎子去当兵。

装绿花红多朗俊，前进，英雄自古出军营。十里乡亲来贺送，情动，荣光不负一平生。

胡　斌（浙江）

经三峡返乡

万里归舟西复东，夔门一入势尤雄。
行来蜀道八千丈，看尽巫山十二峰。
浪拍夷陵天正好，云连梦渚月相逢。
栖迟未做江城客，先得江城夜半钟。

胡建文（湖南）

参观钱粮湖三中诗词园地

一入黉园景象明，芳花碧树共争荣。
诗风惹我留连处，尽是新篁破土声。

黄康荣（广东）

临江仙·工作十年自题

印鉴一方于手，平台三尺朝南。安危曾许铁肩担。送迎千万客，含笑语犹谦。

报国何须流血，十年甘自平凡。无多壮志作雄谈。偶言家务事，提及总称惭。

黄玉庭（江苏）

浣溪沙·苏州廉石

风雨经年情未休，传奇故事说千秋。曾随太守镇归舟。

明月不惊廉石梦，翔鸥犹戏大江流。人生写照此中留。

黄志坚（广西）

设立"中国农民丰收节"随感

丰收节日定秋分，喜看田园处处新。
炎帝初兴昌五谷，神州崛起富黎民。
取消赋税除枷锁，装扮乡村扫垢尘。
安国从来先贵本，小康毋忘务农人。

吉铁兵（辽宁）

秦腔

始从上古越苍凉，铸就大音何激昂。
梁坝展喉风犷烈，戏台打马韵铿锵。
三千村墅传天籁，八百秦川是故乡。
此去黄河怜九转，总因一吼一回肠。

贾来发（云南）

参加免费送春联下乡活动

春风淘气偶吹沙，字写街头任取拿。
这里欢呼收墨宝，那边涌动索窗花。
笔挥圆满千家梦，汗尽温馨一盏茶。
拉近民心谁点赞？情深夹道送中巴。

贾来天（山东）

沁园春·蚁阵

群蚁纷纷，世界微型，独立维艰。看呼朋运食，共临险阻；排兵突困，奋勇争先。渺小身躯，何堪重负，百倍犹拖不避难！无私念，为同胞赴死，死也心安。

槐安梦里高官，是人欲横流蚁穴间。叹勾心斗角，人间专利；同心聚力，蚁国愚顽。微脑无私，残躯有义。团队精神可胜天！凭谁问？把人虫说遍，太息无言。

蒋继辉（江苏）

西江月·北斗卫星发射

箭耸云中蓄势，灯红架上添娇。漠天深处静悄悄。落日长河睡了。

山动惊醒大地，烟飞卷起狂飙。火龙一路奔重霄，待看吉星高照。

金嗣水（上海）

翻检旧物看到一张五钱粮票

方寸印花留岁轮，不堪往事已封尘。
饥肠安得五钱票，馋嘴也能三日珍。
冲缺藩篱解禁锢，破除流弊敞关津。
民丰国泰有余庆，消费时兴扫码人。

李传春（河南）

留守儿童

娃思父母视频连，盯住微屏倒曲酸。
猛地手机亲一口，泪珠啪嗒伴星弹。

李　晗（河北）

题"感谢贫穷"的女孩王心怡

任他坎坷路长长，信手栽花身后香。
岂是人间添沃土，只缘心内有阳光。
多情赤子面含笑，无畏青春梦启航。
莫道贫穷皆苦涩，一些记忆已珍藏。

李曼歌（辽宁）

天眼之父南仁东

窥天探奥觅蝉鸣，一事关情廿载倾。
每向无垠穷万象，还从射电辨千声。
山中岁月黔南度，地外文明禹甸呈。
含笑回眸成永忆，夜空新烁有恒星。

李秋彬（广东）

七绝·题包公祠

殿外疾风入案鸣，忽如哀怨复来声。
为官识得民生苦，便是人间第一情。

李声满（湖南）

赠袁隆平院士

一曲丰收此道情，花开魔稻听蛙声。
三章已续齐民术，万斛犹输报国诚。
今日纷纭工作秀，斯人澹泊耻沽名。
樊迟学稼多嗤点，寂寞谁甘垄上耕？

李小玲（广东）

寒日服侍股骨术后母亲

枕侧低遮小羽绒，替娘一挡两肩风。
坐床无力轻扶起，想象当年襁褓中。

李雪艳（黑龙江）

鹧鸪天·乡愁

何计能消一寸愁，梓园别绪已悠悠。槐花村口香还在，石板桥边水可流？

春米臼，采莲舟，茅篱竹酒暖心头。今宵问得楼台月，怎把乡思一票邮。

梁仲英（广东）

鹧鸪天·台湾媳妇吟

两岸情同一水深，风琴浪瑟奏清音。誓将我手牵君手，愿把婆心作媳心。

恩未报，愧难禁，春晖寸草几回吟。他年倘亦为人母，接过灯前线与针。

刘德胜（河北）

七绝·睡石阶民工

偷借闲云片刻光，身疲何顾石阶凉。
梦中愿在无风雨，好让相思到故乡。

刘宏杰（河北）

定风波·三峡行

百丈飞流挂碧川，一江苍莽入峰峦。欲把白云藏袖底，犹记，孤鸿缥缈渡春烟。

万里江山谁执笔，曾识，三千云水过夔关。勿使尘嚣蒙世界，吾爱，神州又是舜尧天！

刘如姬（福建）

踏莎行·山行

　　且听松吟，且招鹤友，且行且住风盈袖。逃禅且枕石根眠，清泉一勺浮岩岫。

　　有月邀杯，拿云下酒，花前对酌花依旧。且同山鸟话悠然，茫茫天幕星如豆。

刘尚东（湖南）

水调歌头·咏梅三阕

踏遍千山雪，遇见一枝梅。几分高雅逸韵，与我久相违。身置悬崖峭壁，情系苍松翠竹，疏影有云陪。从不沾俗气，懒得斗芳菲。

整瘦容，步僻径，唤惊雷。任他天地寒冷，照样报春回。只怕瑶台砌下，铺满残红乱絮，好梦锁深闺。莫笑林和靖①，别样爱花魁。

（二）

漫野飘寒絮，陋室缭幽香。邀梅斟酒添盏，寄趣对东墙。难得铮铮傲骨，连着丝丝冷艳，同醉共疏狂。额外有偏爱，只道是寻常。

避红尘，脱俗态，挫冰霜。几多肝胆知己，争诵好文章。直待春风吹拂，染绿枯枝衰草，不悔卸容妆。唯我情如许，总想偎身旁。

（三）

庭前穿竹屐，户外赏梅花。几枝蓓蕾无序，含笑影欹斜。不屑胭脂腻粉，自有清新瑰丽，标格毋需夸。更与风和月，追梦到天涯。

扫雾霾，除雪霁，缀烟霞。是她驱散寒夜，弹泪送韶华。多少如椽大笔，写尽神来韵味，总教我长嗟。遥望春归路，芳草未曾遮。

注：
① 林和靖：即北宋初年隐逸诗人林逋。此人常居杭州孤山，植梅放鹤；以梅为妻，将鹤当子。其死后仁宗赐谥"和靖先生"。

刘世恩（北京）

氢弹之父于敏获奖

元勋米寿始彰旌，顿涌心潮浪卷腾。
隐姓埋名图自立，餐沙饮露筑长城。
青空霹雳春雷响，儿女唏嘘喜泪横。
今日神州腰杆硬，英雄多少尚尘封！

刘世枫（甘肃）

七律·咏胡杨

未有清香媚俗尘，但存初梦入年轮。
立身自带洪荒味，抱朴长怀瀚海春。
万曲枝根明坎坷，三千生死铸嶙峋。
横天与日同金色，靖遏黄沙待雁宾。

刘晓岚（辽宁）

西江月·木棉花

四月芳菲万里，一枝明艳双瞳。红云高卷上苍穹。烈焰凌霄浮动。

君惜忠魂贞魄，我怜傲骨清风。他朝纵使岁华穷。片片丹心与共。

刘学理（湖南）

八声甘州·台胞游周庄

坐水乡画舫过双桥，一路醉双眸。听苏州软语，船娘清唱，摇橹欢游。魅力周庄旖旎，夹岸古民楼。千载繁华地，张翰曾留。

宇内游人如织，赏勾魂八景，秀水长流。叹长居台岛，恨思绪难收。忆故园、鲈鱼莼菜，总梦中、观满月当头。唯期盼、早圆国梦，解我乡愁。

刘雅萍（陕西）

行香子·雪景

　　风动青松，雪静沙汀。忽回眸、一树梅红。季节谁令？春景消融。遇一霎儿雨，一霎儿雪，一霎儿冰。

　　杏园冷冻，蕾朵晶莹。心花瓣、几个从容？手机拍照，微信传情。见柳芽儿萌，竹枝儿翠，小苗儿青。

刘忠孝（北京）

金缕曲·忆旧日同窗

　　卅载须臾矣。转头看，东风陌上，少年天地。弦柱春边知离绪，转眼隔山隔水。鱼书慢，晨昏片纸。未冷酒痕新浴影，思悠然，自着飞云履。肩上月，恁千里。

　　信来莫问经年事。算生涯，乖张几个，疏狂曾拟。孤负春秋风流意，却笑唏嘘未止。但无悔，婆娑弹指。驿上梅花开正好，折半枝，共我流年寄。浮一白，对知己。

卢金伟（重庆）

哨楼所见

群山起伏似连营，晓色空蒙隐见兵。
原是春风来召募，松林列队去从征。

罗永珩（福建）

七律·西夏王陵

王图霸业一朝删，异代烟尘岂等闲。
旷野空遗金字塔，大荒横亘贺兰山。
断台残草古今事，细雨斜风天地间。
回首暮云垂落处，银川灯火出雄关。

马建勋（北京）

望海潮·南海阅兵

沧溟潮起，深蓝涛骇，旌旗漫卷云空。机舰整装，军威激越，长缨直贯飞虹。列阵铸精忠。目光凝自信，受阅威容。领袖豪言，海天震彻问谁雄？

曾经国耻铭胸。忆圆明掠火，甲午亡锋。华夏已危，河山渐碎，干城恨乏秦弓。后勇继初衷。复兴今有望，化剑腾龙。笑傲环瀛待发，大纛破罡风。

马瑞新（山东）

七律·腊月农贸市场见闻

欲近年关扫货忙，繁华哪可辨城乡。
家家墙挂二维码，个个机连四大行。
悦目果堆金字塔，赏心蛋拥白条筐。
何愁余额卡中减，地可生金心不慌。

孟凡武（浙江）

水调歌头·忆周公（新韵）

　　浩气存天地，灰撒大江东。亮节君子风范、旷古问谁同。光耀星河璀璨，傲骨寒梅绽雪，正义贯长虹。俯首黎民事，冷眼对顽冥。

　　沥肝胆，图破壁，尽鞠躬。悲君驾鹤归去、泪若海河倾。睿智雄韬伟略，文彩风流绝代，不朽赞青松。华夏腾飞日，能不忆周公。

孟建国（陕西）

沁园春·丝路行

　　七月采风，西域寻诗，万里画屏。览玉关内外，州兴县旺；天山南北，草绿花明。瓜果香飘，牛羊群聚，盛世和谐开运灵。沐霖雨，新城孚笋出，灿若繁星。

　　梦萦丝路驼铃，引一众骚人揽胜行。自雁楼钟鼓，晨昏人继；敦煌经卷，天地沙鸣。瀚海波平，碧穹云净，西部风光别样情。乾坤壮，看河山胜迹，同醉丹青！

沈进龙（福建）

七绝·咏笋

数月幽居欲破尘，纷纷蓄势壮腰身。
一朝闻得新雷动，拱出人间万里春。

石先锋（湖南）

别湘西

拟作春回不再飞，营生无计又相违。
临行小女纤纤手，追着车儿合泪挥。

孙　群（上海）

沁园春
土星探测器卡西尼爆裂前向地球发出最后信号

壮别尘寰，突破星云，直赴外空。问太阳系里，有谁作伴？银河渡口，只你从容。束束微波，遥遥孤旅，信息曾传百万封。焚身处，仍回眸一望，不改初衷。

流年逝去如风，剩无数惊疑困扰中。叹地球远观，缩成光点；人间俯视，渺若蚁虫。铁树花开，优昙夜放，短暂于斯何异同？长呼吸，怕心儿悸动，逃入苍穹。

孙双凤（江苏）

乡村河道清理工

草蔓芦生每酿灾，乌靴短帽不须催。
一篙起落风兼雨，四季阴晴往复来。
晨伴鸡鸣天未晓，晚观波漾笑频开。
轻浮小艇真灵手，河网穿梭拨绿回。

唐春林（四川）

七律·听卖核桃女孩说

火车南下过川滇，细女真言惹泪涟。
百里石山奔数日，几张薯饼吃多天。
背兜压出三千汗，干果挣来二十钱。
尘世挥金豪富客，可知尚有食难全？

唐黎杰（辽宁）

清平乐·矿山秋意

矿山秋好，枫叶如诗稿。句里沧桑知多少，烟雨清霜应晓。
煤中撕片云霞，挽成朵朵红花。点点欣情快意，随风散入千家。

王安静（北京）

七律·榕树

密叶交柯结碧阴，灵根早种自为林。
擎天尚有苍龙骨，拨月常调绿绮琴。
但许欣荣驱瘴气，犹凭拙朴守清音。
千秋独对斜阳老，不改平生庇物心。

王宝国（山西）

七律·清明祭抗日女英雄李林

清明为我雨纷纷，金菊白碑无一尘。
穴下幽幽存壮骨，市廛碌碌寄微身。
晏阳民事早消歇，倭岛贼情又数频。
勒马青铜回首处，点兵声后应何人。

王才储（四川）

初过鸭绿江

1950年10月16日夜我志愿军先头部队跨过鸭绿江，抗美援朝，保家卫国。我有幸参加了这场战争。

鸭绿秋深雪满天，三军待命集边关。
钢枪压愤炮藏怒，战士衔枚马不喧。
路险江宽非障碍，水寒冰厚是平川。
忽传急令歼狼虎，踏夜披风箭出弦。

王海鸣（河北）

长律·秋游磁州窑[①]

日照神麇[②]暖，云澄风物长。清流映花舍，斜燕叩村堂。
高垒馒头[③]古，轻依巷草芳。玲珑东阁外，熙攘老街央。
窑洞宜听雪，笼盔或砌墙。珠玑盈闹市，星月隐幽坊。
骄凤平林舞，飞龙碧峭张。凌空鹰击兔，啸谷虎行梁。
觥枕瓶坛阔，诗书画印煌。天工连妙趣，意味尽深藏。
俯仰皆涵景，盈虚自在肠。旋坯摄心魄，飞釉润琼光。
剔刻划天地，模盘塑梓桑。落烟铺水墨，捉笔染秋黄。
淡淡双峰远，浓浓叠雨苍。归舟采莲女，摘月牧牛郎。
方寸乾坤大，须臾道法彰。率真开悟性，随意转思量。
黑白承千载，阴阳合一囊。已然多旷达，未必更雄强。
神采器中出，匠心云里藏。花容天下贵，此处一枝香。

注：
① 磁州窑是中国著名的古窑场，河北省峰峰矿区彭城古镇内有数十座古窑遗址和作坊，古街老巷，别有一番风味。
② 神麇：神麇山，在磁州窑近依此山，此山在《山海经》有注明。
③ 馒头：磁州窑外观似馒头，故又有馒头窑一说。

王纪波（安徽）

开山行（新韵）

岁月无情人有情，鬓霜难侵气纵横。
担囊作别家乡柳，随雁直向黔中行。
黔中莽莽何所有？乱山斜插重霄九。
鸟道逶迤青嶂里，月明不明猩鼯吼。
苍松翠柏锁人烟，苗寨散挂白云间。
老妪不知山外事，童孙牛背掷华年。
紧握钻头泪暗洒，誓把黔中变中原！
待得好梦成真日，愿驾青骢一着鞭。
昂首走进风雨里，并肩作业烈日中。
任他层岩坚似铁，看我两臂挽苍龙。
脚踏三春芳草色，手把玉尺裁山河。
雷霆纵开天一线，前途山势愈嵯峨！
辛苦连年成底事？放马黔中待底日？
子规夜夜耳边啼，梦里乡关何处是？
此时虽有愁千缕，此际岂合飘然去？
拼得一把衰朽骨，不让群峰妄得意！
走红飞雪几度秋，热血洒到天尽头。
回首一马平川处，汽笛声声动九州。
无边春色来天地，百紫千红映瑶碧。
老夫试跨青骢马，闲逐长风何潇洒！

王克梅（甘肃）

西江月·老公的军功章

不比足金昂贵，却因战火辉煌。老山情结系勋章，五角红星闪亮。
每每与卿谈起，常常自个端详。未曾分享我珍藏，莫说无人欣赏。

王　平（北京）

西花厅海棠兼忆周恩来总理

窗纱酥透海棠风，香雾空蒙落照中。
四十二年开不断，花枝依旧去时红。

王　旭（内蒙古）

临江仙·访五原县永联村听农民唱戏

秋到农家花正艳，馨香漫过东篱。山墙雅韵透玄机，墨因时尚泼，诗为小康题。

驻足忽闻弦乐激，心中犹自生疑。寻声一路到村西，柳阴浓密处，老汉扮青衣。

王学美（湖北）

满江红·建军90周年观朱日和大阅兵感赋

漠漠长空，战鹰翥、天惊海啸。恰朔北、黄沙风卷，兵锋光曜。戍角连营边野起，旌旗凝血沙场耀。列成阵、声势一何雄，谁能藐？

阴山下，三军傲。狮虎厉，烟云扫。笑豺狼共舞，犬鼠同闹。铁甲英风威赫赫，金瓯寸土丹心保。看龙凤、万里舞苍穹，乾坤小。

吴贡明（江西）

戊戌扶贫走访有记

头上残花脚上泥，石榴树下喂雏鸡。
今年不必愁端午，老少新衣已备齐。

谢　丹（广东）

为新兵壮行

秋风萧瑟雁南翔，远戍男儿别故乡。
碧海黄沙皆国土，寒冰热血砺缨枪。
刀锋须勒燕然石，重甲长辉北斗光。
更向昆仑歌一曲，关山如铁月如霜。

谢　艳（湖南）

八一夜有感

窗外青葱夜幕收，小风轻送月华柔。
谁于千里边陲处，护得时光静静流。

谢　毅（辽宁）

鹧鸪天·写于南沙巡逻舰上

巨舰犁开雪浪花，神州旗帜耀天涯。目怡鸥影巡丝路，心醉渔歌护锦霞。

波九段、岛三沙，舆图自古属中华。吴钩越剑勤磨砺，乐守边庭斗恶鲨。

谢忠华（福建）

贺新郎·三沙

我有三沙璧。记当年、补天石剩，独留乡国。拂去千层风涛影，光焰至今五色。漫说道、卞和能识。瞩望南疆须万里，待洪波、喷薄初升日。相照耀，美何极。

珊瑚岛上云天碧。映斜阳、唐砖宋庙，故人遗迹。无限关河沧桑意，谁付风狂雨激。尚记否、繁华易蚀。莫忘战鹰相搏处，正鲸鲲、窥伺情难抑。南海上，几潮汐？

邢春红（黑龙江）

五律·留守母亲（新韵）

步履蹒跚近，慈颜带笑容。
倚门山色里，剪影月光中。
总道心无碍，常思梦有声。
桃花方渐落，已盼雪盈盈。

邢建建（山东）

鹊桥仙·青瓷

千年窑火，一朝泥亘，满目盈盈珠翠。晶莹霜雪出莲花，更沾惹、一江春水。

灵溪风月，冰纹云影，缕缕清凉不退。雨山横黛似当初，细思量、人生如是。

徐　坤（湖北）

念奴娇·临江吟

如情似梦，念长江万里，云无留迹。赤壁风樯烟灭处，寂寞一天秋碧。神女巫峡，乘风帝子，斑竹长相忆。江边渔父，望中荆楚历历。

李白崔颢拼歌，举杯邀月，弄笛连天域。流水高山淘岁月，欲觅知音今夕！追梦当前，激扬文字，直欲骑鹏翼。再生盘古，险关何惧荆棘！

闫　青（新疆）

金缕曲

梦绕天山路，记当时，少年意气，目空今古。淮海汤汤堪濯足，却向穷边漫步。谈笑里，寒鸦喧树。筚辂踏平龙口雪，任峥嵘岁月来还去。多少事，未能悟。

平生情字难分付，到风前，山盟轻许，韶光轻误！惯看滔滔西逝水，忍顾鸿栖烟渚。曾携手，扁舟横渡。把盏狂歌歌未竟，叹文章已老何人诉？芦荡处，问鸥鹭。

颜登荣（贵州）

中吕·快活三带过朝天子麻怀村巨变

山高鸟不飞，路险梦难追。数十年里破穷围，壮志须无愧。（过）铁锤，土雷，困锁都砸碎。

凿穿隧洞沐朝晖，玉树金花媚。小寨变桃源，风光秀美，传媒人来拜会。举杯，笑眉，乐与农家醉。

杨怀胜（山西）

卜算子·环卫工

风雨一诗人，喜作清平调。晓月残星总入词，吟就家山好。
扫帚舞蹁跹，小市无喧闹。汗水和尘脸上凝，脚下金光道。

杨建军（甘肃）

七绝·小溪（新韵）

出自山间质本清，细流一握亦淙淙。
月星为照眼前路，不到江河不肯停。

杨　昭（河南）

卜算子·韩城谒司马迁祠

古道似盘龙，万绿涛声静。一望高台日月悬，史笔千秋秉。
通变古今时，依旧书生影。从此孤标隔世风，且共来人省。

叶秀华（四川）

踏莎行·清洁工人

雨雾沾衣，霜风削面，上班不待晨光现。上班挥帚扫尘埃，上班常误三餐饭。

夜色将阑，人声渐散，下班已是街灯倦。下班抖落一身灰，下班还道明天见。

游秋娣（四川）

金缕曲·犍马边精准扶贫牺牲七子

且酹杯中酒，纵阳春，有风悲咽，有歌惆怅。踏遍青川为觅得，一段点金竹杖。争改却，彝乡模样。谁道燕然功未勒，问将军壮士身何向？千万次，水回响。

豪情岂做伤怀想？料蓬莱，红旗漫卷，号声回荡。长恨但填东海石，且任潮来潮往。唯夜半，关山啼望。正是烟峰篝火盛，隔苍茫，依旧千千丈。听马布，为君唱。

原振华（山西）

中吕·喜春来过普天乐潼关老腔

黄花引路长安远，北雁啼归渭水寒，老腔一喊震潼关，台上看，家伙十八般。（带）一个似补天，一个如拉纤，一个摇旗踏浪，一个击鼓情酣。

一个战马乘，一个黄河转。一个威凛凛挺起脊梁长龙挽，一个气昂昂云帆挂起好开船。说不尽秦川八百里，唱不完乡情千载传，换了人间。

张昌武（湖北）

七绝·中国空军抗战英烈祭

血荐轩辕去不回，只身云海挟惊雷。
今朝最念天骄子，万里江山酹一杯。

张超平（广东）

登深圳平安大厦感赋

合是南天第一楼，山光海气夕阳收。
瑶台紫府安新市，布履青衫忆旧游。
独鹤来时群木发，闲花归处数星流。
波平月静遥难见，四十年前柳叶舟。

张　川（德国）

客居法兰克福有感

博雅塔边才小憩，美因河畔又奔驰。
晨光跳跃家国事，夜色空朦自我思。
何惧客乡多淡漠，莫愁天下少相知。
歌德故里能无酒，冷月光中更有诗。

张富强（贵州）

贵州脱贫攻坚组组通硬化路

春风岂不入山洼，处处鸣禽与草花。
新路无泥向何去？盘旋直到白云家。

张会强(河北)

鹧鸪天·华山苍龙岭环卫工

绝壁飞身一索攀,苍云绿壑荡风烟。等闲寒暑题襟瘦,到底风光入梦圆。

游履泣,矫龙悬,崚嶒寸寸手扶天。曾惊留影投书处,忽照归程背负山。

张志玉(河南)

七绝·小院秋声(新韵)

十万秋光不用赊,丝瓜满架斗风华。
翠裳轻舞蝉歌起,朵朵黄花吹喇叭。

赵春岐（吉林）

临江仙·回乡过年

羁旅天涯归故里，红灯妆点烟村。家山童话又重温。乡音缠柳瘦，门对抢时新。

乐到眉弯邀客至，当年挚友芳邻。一盘热炕酒殷勤。倾心长夜尽，小院早逢春。

赵巧叶（山西）

鹧鸪天·壶口瀑布

浪卷黄沙奔不休，滔滔天水一壶收。飞泉击石山川动，喷雾牵云日月愁。

穿峡谷，泽田畴，滋濡华夏五千秋。怒涛翻滚心惊破，直下龙门入海流。

赵文亮（内蒙古）

东风第一枝·玛奈[①]乌兰牧骑

亮丽丹葩，葱茏嘉树，扎根吾土深处。繁荣厚载阳光，挺拔多承雨露。莺歌燕语，甜润着、千家万户。妩媚里、绚丽丝绸，缭绕白云霞鹜。

仰浩荡、东风眷顾。喜灿烂、春晖呵护。草原骄子昂扬，红色基因鼓铸。马头琴上，澎湃了、黄河情愫。天幕下、一队轻骑，情洒北疆农牧。

注：
①玛奈：蒙语，我们的。

赵子龙（浙江）

夜读

芸窗浮往事，花落欲何如。
柳系春残夜，月斜人定初。
萤灯侵蝶梦，芳草入吾庐。
聊与清风伴，同翻一叶书。

单　佳（安徽）

五赋临江仙

　　一赋春来芳草盛，天边落雨鱼惊。紫槐阡陌落英轻。岸边烟雾起，亭后鸟虫鸣。

　　日暮杨柳停紫燕，双飞双宿无争。烟波浩渺水清清。小舟飞白鹭，玉笛又声声。

　　二赋黄昏观日落，门前杨柳青青。篱笆深处野花迎。水中浮白羽，墙外唱黄莺。

　　满目春光何处去，相思如此谁听。风来犹似一飘萍。镜中人可在？独对一残灯。

　　三赋梧桐兼细雨，荷花十里娉婷。长堤烟柳拂新亭。院中飞蛱蝶，月下抚琴筝。

　　绿锁窗前人不在，一时心绪难平。迢迢千里百情生。飞鸿传简讯，何日踏归程。

　　四赋满园黄叶乱，天边几点残星。一弯明月映阶庭。后山枯叶冷，小院桂花轻。

　　长夜凉风摇竹影，西窗横笛秋声。欲书心绪给君听。奈何山又远，落笔泪花盈。

　　五赋霜花凝柳树，池塘又见寒冰。乌云朵朵笼江城。腊梅香几处，瑞雪飞三更。

　　夜色空空何处诉，痴心无奈飘零。明年只盼暖风轻。碧空杨柳下，执手数繁星。

入围奖获奖作品

卜祥杰（辽宁）

西江月·早春随感

莫道难寻春色，随心注目枝梢。悄然已见小花苞，新绿依稀正好。一片平常心境，半窗自在云涛。凭他浪涨与潮消，不去千般计较！

蔡浩彬（广东）

咏丝路兼怀班定远

请缨慷慨气幽燕[1]，奉使边州三十年。
声串驼铃闻大漠，绸随驿骑入西天。
阳关别后[2]人犹识，丝路归来月尚圆。
四海如今通贸易，欲从定远学挥鞭。

注：
[1]气幽燕：即幽燕气。黄景仁诗："自嫌诗少幽燕气，故作冰天跃马行。"
[2]阳关别后：王维诗："劝君更尽一杯酒，西出阳关无故人。"

曹甫成（江苏）

七律·古稀抒怀

晚风缕缕夜蒙蒙，几碗佳肴独对盅。
烈酒一杯思往事，流年七十守初衷。
胸无挂碍心难老，腹有诗书气自雄。
借得夕阳光一束，晚霞再映半天红。

曹荐科（浙江）

鹧鸪天·咏归桥观桃

百鸟嘤咛已是春，临溪桃色嫩三分。惯看天上月圆缺，更懂人间情假真。

心有梦，气凝神，暗香漫透信拈闻。谁言凭槛人孤坐，早有飞花轻叩门。

曾　智（河南）

七律·山村访友乐无涯

偶乘假日赏烟霞，探访山村旧友家。
三代笑颜迎远客，千针松叶煮新茶。
泥封谷酒开陈酿，露摘鲜蔬掐嫩芽。
最喜小儿田垄上，蹒跚抱个大西瓜。

陈保红（上海）

惜春沪城怀田家

日长将助耕耘季，夜短相知物候新。
菜子湖田秧信暖，申江口岸米香纯。
三千云水宁边画，一寸乡心故里人。
欲借东风穷极目，落花犹恋去时春。

陈金来（江西）

咏南山瀑布（新韵）

誓向人间走一遭，喷珠溅雪下重霄。
山溪岂是容身地，志在汪洋化碧涛。

陈奎娟（河北）

鹅卵石

风刀雨剑复年年，棱角磨平亦泊然。
吾有初心终未减，此形何惧是方圆。

陈平平（湖北）

七律·思念父亲

罗帏几度忆先贤，犹似椿庭浮眼前。
常叹偕邻修友好，每思做事慎专权。
苍颜背影絮叨语，垂意情怀至理篇。
寸草春晖何以报？佳期如梦盼团圆。

陈其良（浙江）

记弱冠求职初次远行别母

打叠行装昏晓迟，忽看慈母泪丝丝。
缝衣深夜灯犹倦，推食凌晨腹未饥。
祈祷春风送疏柳，叮咛云雁报归期。
出门不敢回头望，长忆乡愁入梦时。

陈维昌（湖南）

禾兜

梦逐镰飞一度霜，稻田龟裂自成行。
残生漫道雄心老，不到春深不下岗。

陈　武（广东）

怀念王伟烈士牺牲十七周年

眺望南疆海接天，碧波依旧众心牵。
银鹰驱敌英雄血，化作满山红杜鹃。

陈修歌（新疆）

咏芭蕉

参差绿影泻窗纱，槛外施然凝露华。
清气十分来笔底，爱君不作应时花。

陈中明（浙江）

留守老人

几间农舍傍山冈，老妪孤翁各自忙。
无暇闲聊儿女事，互耕田亩插新秧。

承　洁（江苏）

游黑石山感赋

触目苍苔溪水滨，风华万载渐成尘。
九曲池边思鉴止，讨清碑上见精神。
元知顽石圭璋出，已使高峰俯仰频。
洗净千秋闲俗事，好开襟抱向流云。

仇恒儒（江苏）

西江月·蒲津渡黄河大铁牛

牵起百年胜概，拉平九曲湍流。仰天对月似长哞，要把盛唐穿透。
毕竟铁心如沸，安能泥掩沙囚！一身硬骨未佝偻，又是春耕时候。

崔　健（内蒙古）

登黄河岸万亩葵林了望塔（新韵）

相携红日上高台，画卷横斜望里开。
万亩葵林风味道，一堤烟柳墨情怀。
云前过雁天题字，岸外摇禾浪补白。
谁抹家园诗样色？山河着韵任春裁。

崔　鲲（湖北）

卢沟晓月

百载沧桑鉴晓风，醒狮怒目啸长空。
何当挽射天狼箭，星落犹张月半弓。

崔长平（河南）

水龙吟·红旗渠

　　险峰绝壁危岩，鸟飞落照山空翠。云缠雾绕，气蒸霞蔚，盘龙迤逦。浪急流湍，涌珠溅玉，水声迢递。过乡村隐约，鸡鸣犬吠，桑田秀，炊烟细。

　　往昔几多荒岁，聚人心，寻方问计。劈山凿石，引漳越涧，悬河高垒。绳荡锤扬，炮轰钎撬，虽难何畏。念群英党育，甘霖万顷，向斯民惠。

王放鸣（四川）

七绝·咏重庆梁平机场三杰

　　重庆梁平机场，原名梁山机场，是二战时期著名的抗战机场，为"飞虎队"主战基地，曾因拱卫陪都重庆、轰炸日本东京而闻名海内外。新中国成立后，梁平机场成为重要的国防战备训练机场。航天英雄杨利伟、抗战英雄郑少愚及周志开等三位杰出人物，都曾在该机场训练和战斗过。令人称奇且嘘唏的是，郑少愚和周志开曾在多地并肩作战，并先后为国捐躯……

杨利伟

首驾神舟访太空，乃惊玉宇①羡华龙。
柚乡②朋识③长相忆，四载驻梁情谊浓。

郑少愚

潜伏天骄战蜀东，周公欣企率飞鸿。
长空荡寇乃雄杰，为国捐躯举世崇。

周志开

梁山一战气如虹，两架倭机坠草丛。
屡建奇功身许国，英雄洒血染苍穹。

注：
①玉宇：传说中天帝或神仙住的华丽的宫殿；指天空。也指宇宙。
②柚乡：即重庆梁平，为全国名柚之乡。
③朋识：朋友熟人。

单玉翠（河北）

钱塘弄潮儿

空际潮生挟怒号，凌虚一柱拄天高。
群鲸击水翻云墨，万马奔雷卷雪涛。
峰谷舟飞英气驭，蛟鼍目愕飓风翱。
吴儿何惧倾山浪，向海长驱举赤旄。

邓世广（新疆）

喀拉峻纪游

如幻如仙说与谁？芳茵幽谷共葳蕤。
每临大美难成句，一动真情便有诗。
怊怅非关花谢早，流连已悔我来迟。
危崖倚树思长啸，唤取春风醉一卮。

邓学英（黑龙江）

七律·一犁春雨

霏微犹自五云边，远树空蒙凝碧烟。
紫燕斜飞沾曲水，清风横渡润桑田。
陶然几处春花小，婉转一枝莺语鲜。
取次檐声惊物候，扶犁早计入虞弦。

丁　欣（江苏）

牵牛花

篱壁柴门独自娇，歌吹不肯学笙箫。
新芽抽出腾空势，欲达心声到紫霄。

董永宁（海南）

过村东榕树

玉树葱茏耸碧霄，流光不改旧时娇。
回头多少童年梦，犹在春风叶上摇。

段一鹏（新疆）

乌拉泊古城

颓壁残垣一地衰，还从陶片认轮台。
碛中白草自春色，湖畔野花迎日开。
古塞犹存唐将梦，新城已耸博峰怀。
殷勤最是天山月，或缺或圆循例来。

樊建功（河北）

清平乐

味无味处，暂与清波住，吩咐殷勤池畔树，莫碍好风来路。

芙蓉才染秋光，拥书小憩何妨，过眼许多故事，当楼万古斜阳。

范振斌（北京）

沁园春·茶乡行

石径幽深，古道情迷，雨洗澄空。望三秋竹海，烟笼资水；九天气霭，霞抹梅峰。玉杵和云，金刀带露，犹听蹄铃唱晓风。回眸处，惊黑花卷塔，兀立苍穹。

白沙溪[①]畔葱茏。喜缕缕朝晖洒芙蓉。赏桑香雅韵[②]，骚人炼句；黉堂传道，学子思狪。诗曲架桥，溪沟跃鲤，耆凤彭陶卧虎龙[③]。看今日，正茶旗奋举，舞梦飞虹！

注：
①白沙溪：系安化一家大型黑茶厂。
②桑香：即桑香黑茶，系安化云天阁研发的一种新茶。
③耆老彭陶：彭先泽（1902—1951），安化小淹沙湾人，黑茶之父。陶澍（1779—1839），出生于安化小淹镇陶家湾，清朝兵部尚书。

方怡香（湖南）

喝火令·幕阜山行吟

圣洁轻纱舞，葱茏古木迎。老龙沟里踏云行。飞瀑洒珠抛玉，摇落九天星。

竹海馨香漫，松林雅韵萦。沸沙泉涌吐心声。护我山容，护我水长清。护我鸟禽安逸，万物赏新晴。

冯栾中（河北）

鹧鸪天·牵牛花

百折千回一蔓缠，若风若雨绕钩栏。痴怀满载经年梦，顾影茕茕可与怜？

听物语，问婵娟，轻吹无那向愁眠。销魂犹是晨光好，脚踏长风仰碧天。

龚　波（江苏）

临江仙·春茶

十里清风带雨，竹前烟火人家，鸣泉春水煮仙芽。世间高雅处，不必在繁华。

新叶比肩翠玉，醇香散作云霞，兴衰荣辱似飞沙。红尘多少梦，难抵一壶茶。

韩建华（辽宁）

回乡有记

小城四月正芳菲，风浣纤枝红更肥。
燕影横斜成彩卷，波光深浅泛晴晖。
青春作伴还乡去，拙笔沾香带梦归。
最忆村边云水阔，儿童争逐纸鸢飞。

韩开景（河南）

打工归来

春风拂面抖精神，幸福满车开进村。
犬吠三声迎客到，小康跨入俺家门。

韩　维（吉林）

沁园春·中国梦

五千年过，三千界辟，四百州隆。有茫茫稼穑，琼筵①南北；熙熙井邑，美器②西东。亘古江山，迎新时代，举世嗟惊中国功。开丝路，展鲁班手段，端木遗风③。

云头振翅攀鸿，倚民主、人和政更通。使清流鉴月，修身舍下；高帆攘袂④，载德寰中。守土龙门，合符虎幄，率舞旌旗猎猎红。初心在，续复兴故事，看我才雄！

注：
①琼筵：美宴。
②美器：精美器具，语出新唐书。
③端木遗风：取子贡生财有道典。
④攘袂：换袖，奋起貌。

韩晓楠（山西）

沁园春·太行山

乘兴登高，岸帻披襟，极目八方。看穹冥远近，云蒸霞蔚，关河表里，水莽林苍。积雪皑皑，长风浩浩，万物蒙曛红日光。迎寥阔，望恢宏瑰丽，此景无双。

拍栏聊抚沧桑，更上溯荣华至汉唐。料骚人到此，文思泉涌，英雄对境，胸胆开张。壮志犹存，闲愁尚在，睥睨清狂自不妨。思尘事，笑峥嵘坎坷，意气昂扬。

郝学敏（河北）

寄小女

只身求学在潇湘，漫惹相思似水长。
幸得如今有微信，不愁鸿雁阻衡阳。

何建勋（湖北）

高阳台·纵横巡江咏

不尽长江，风云际汇，依稀赤壁楼船。流水高山，樵夫渔鼓当年。青莲醉伴梅花落，鹤诗引、崔颢堪怜。更凄然、神女巫峡，一抹云烟。

雄师百万钟山陷，但穷追余寇，地覆天翻。遍浴春风，诗人兴会无边。而今再续神州梦，弄潮儿、信步波闲。放歌游、击水中流，遍闹春鹃。

何跨海（湖南）

新春田园

春风作画胜名家，点染山村气自华。
一片楼台飞白处，殷勤补缀应时花。

何其三（安徽）

鹧鸪天·回乡

人未到时心已先，故乡遥在白云间。风吹麦浪波深碧，日暖桃花色更鲜。

奔两步，打三旋。群童追看笑痴癫。半生出走心如旧，归后依然似少年。

何玉明（河南）

鹧鸪天·进城（新韵）

婚后偕妻初进城，单车土道路难行。顶风冒雨湿衣透，戴月披星饿腹空。

车流水，路纵横，而今往返甚轻松。城乡百里如咫尺，幸赖建成"村镇通"。

何智勇（浙江）

临高文庙感赋

春风过海入黉门，玉殿青阶屹屹存。
花似诗人容带雅，木同儒者色含温。
衮衣早改中原制，文气遥冲北斗尊。
最是时清仁爱浃，遥看万栋抱初暾。

贺永粹（甘肃）

临江仙·访平川磁窑遗址

瓦砾黑磁堆壁垒，沧桑风雨相侵。青花红碗那堪寻？深山斜小径，空谷绕飞禽。

千载陶都成过往，游人叹古伤今。繁华落尽暗荒岑。黄沙藏岁月，美玉待钧沉。

胡成彪（江苏）

太行山村

岭下桑榆老，晴阶向日斜。
清风无贵贱，径自到山家。

胡建业（江苏）

水调歌头·黄河

九曲六千里，东注证兴亡。迂回跌宕、华夏浩气起原黄。陇峪横披霜甲，浊浪咆哮疆场，载覆历沧桑。上下五千岁，涨落送炎凉。

出壶口，穿豫鲁，卷沙狂。一河利害、牵动禹甸万年长。大汉摇篮名片，赤县昌隆具象，世代导疏忙。且看清波滚，天水育芬芳。

黄才乐（广东）

鹧鸪天·夜游三灶湿地公园

　　静倚栏杆看月明。长滩到处柳青青。水摇莲茎云犹动，风过兰丛气自馨。

　　追鹭影，听涛声。一湾明月一湾情。惊鸿已向千山外，留得幽思遍小亭。

黄金广（湖北）

江城子·环卫工

　　云低月暗雾蒙蒙。望霓虹，影憧憧。路静人稀，远处有同工。扫帚铁锹挥起处，清纸屑，铲茭葑。

　　炎天烈日正当中。汗溶溶，兴浓浓。尘污归站，步履乃从容。回首长街全靓丽，环境美，胜春风。

黄良妹（海南）

鹧鸪天·椰风海韵

海岛椰林是我家，果香四季漫天涯。情如彩笔添诗韵，心似春风绽百花。

山蕴秀，树笼纱，归收大网满鱼虾。翔鸥破浪随舟远，螺号声声送晚霞。

黄培锦（四川）

定风波·碧江放筏

船货同身重若轻，木筏离岸险滩迎。狂浪袭来如野马，谁怕？似钉钉木任风生。

篙舵不施声不响，真爽，映霞江上水波平。人笑青山朝后退，山对：并非人进是筏行。

黄守东（北京）

七绝·梅（新韵）

孤枝独绽远群芳，淡月疏云傲冷霜。
那日逢君风雪话，至今言语有清香。

吉庆菊（贵州）

金缕曲·隐括歌词《一壶老酒》

谁酿壶中酒？一回回、母亲盈泪，女儿回首。长是浓香萦萦处，苦煞丝丝老柳。叮咛语、把心浇透。世上千千滋味里，只这般、总也无从够。醉眼里，忍挥手。

时光最是无情帚。竟年年、春扫秋刷，霜成雪就。强把慈颜青丝换，额上纹痕深绣。但余个，醇怀依旧。游子元为多情客，志无成、忠孝难全有。杯盏搁，还前走。

贾　丽（山东）

七律·孔子诞辰日有作

一世未逢青眼人，流离颠沛几沉沦。
礼崩之处频遭厄，天丧吾时岂困陈。
笔削春秋明大义，眼观富贵若浮尘。
三千弟子承衣钵，至德不孤当有邻。

李　江（海南）

听雨

半夜轻雷转作时，窥窗已是雨丝丝。
檐前竹撼三更叶，墙角蕉摇几尺枝。
但愿溪流悄涨岸，不妨屋漏误题诗。
吹灯难合耕夫眼，暗衬泥香好赶犁。

姜云涛（河北）

七律·农痴（新韵）

车运新秧带笑忙，棵棵垄垄布方塘。
劳身走过千池绿，洒汗凝成万粒黄。
劲手挥镰风破浪，酸腰驻步地为床。
今生若与秋风老，来世欣然化稻香。

蒋本正（新疆）

伊宁之春

排排杨柳锁黄沙，染绿伊宁千万家。
妙手东风留水墨，点睛之笔是桃花。

蒋　燕（四川）

九张机·青花瓷

熠熠青蓝染素瓷，雅姿妖冶世应稀。轻柔未减当年媚，依旧风流立御墀。

一张机。岭深幽静点灵犀。风轻月白人无至。相思万缕。阿谁与诉？风雨自凄凄。

二张机。哪家高艺写传奇？抟泥几度多成器。风来镌刻。火来雕塑。玉质衬凝脂。

三张机。酿成醇酒俱相知。民为饕餮官为祀。宋唐留誉。明清有颂。仪态雅深闺。

四张机。阁楼日夕伴纱衣。心香袅袅拈纤指。碾成青黛。绘成伊面。相对笑秋池。

五张机。已成曲调未成诗。青蓝不定难成礼。几回寻觅。几回放弃。成败久生疑。

六张机。又将瓷石化糜糜。柴窑烈火炎炎炙。翠融锰铁。釉飞华彩。高士折梅枝。

七张机。风华绝世惹人痴。价高欲得久无市。御前尊享。帝宫独霸。曾动外夷师。

八张机。光阴轮转韵无移。此时环宇迷离意。借他舟楫。归予所爱。辗转大洋西。

九张机。轮回千载正当时。何须落寞成追忆？青流雅韵。花描胜境。无处不披靡。

青花成就古神州。韵满轩辕意未休。款识纪年钟老旧。更将珠玉做仙俦。今世深藏。来生再会。

周瑞生（湖南）

赞全民阅读

园圃生芜尤要锄，心灵勿使转荒墟。
时人漫道无闲学，昔有三余更读书。

金大成（湖南）

诉衷情·战歌

茫茫大漠浩无边，远望碧空连。今日雄兵百万，战歌动九天。
旌旗展，声威壮，意气轩。铁血男儿，豪情如许，不负华年。

金荣广（广东）

参加《诗刊》培训班感赋

久抱文心恨未酬，暑来问道赴渝州。
嘉陵浪涌天边响，歌乐山横眼底收。
黉舍雕梁添妙韵，诗田浇灌引清流。
今朝得玉难回赠，一曲南音献我俦。

靳朝忠（四川）

石厢子①点将台

三省鸡鸣迎旭日，将军勒马此登台。
挥鞭直指扎西路，万树梅花破雪开。

注：
①石厢子：鸡鸣三省的一个彝村，一九三五年春节，中央红军一渡赤水，中央政治局和军委在此召开重要的"石厢子会议"。毛主席登临巨石，指挥若定，此石得名"点将台"。

柯　宏（江西）

老家

四面青山是我家，寒门喜乐度年华。
箕裘祖业三分地，菽水光阴一树花。
入画浮云迎远客，锄禾烈日盼苍霞。
鸡豚换酒丰庖廪，土灶新烟正焙茶。

柯向阳（湖北）

题石笔书天

山自峥嵘景自殊，千寻石笔架云衢。
而今饱蘸银河水，好绘蓝天万里图。

李世君（江苏）

七言排律·徐州潘安湿地游

　　徐州市贾汪区原为百年煤城，属典型的资源枯竭型地区。煤矿开采，农田被毁，房屋坍塌，道路断裂，生态环境十分恶劣，塌陷地累计达13.32万亩。2010年2月，潘安湖综合整治工程开工。2015年竣工并开发为潘安湖公园，列为首批国家湿地旅游示范基地。2017年12月13日，习近平主席到徐州潘安湖视察。

榴花五月访潘安，一处风光两样天。
潋滟鱼腾波远渚，栈桥浮水漾房船。
出篱花草溢香径，古木交柯泛紫烟。
鹤舞白鹇苍鹭影，羊驼凫鹜宅菖田。
鹈鹕弹韵鹈鹕榭，孔雀嗷声孔雀泉。
几只天鹅寻远翠，数头黑雁唤春鹃。
虚檐门外堂前竹，纱牖细飘茶酒烟。
宾馆青旗浓荫下，村姑踽步学温然。
东君初照码头港，娥姐寻思湿地迁。
塌陷荒田人改造，游人心动诵诗篇。

兰　蔚（云南）

五律·军工人

恒久拿云梦，拳拳报国心。
电光谁探觅？雷影我追寻。
剑曳凌空火，弓弹镇海音。
大山戈壁处，寰宇入鸿襟。

冷峭玉（北京）

约茶

箫自清幽室自香，好茶新约故人尝。
悬壶一泻灵泉水，隔座双分琥珀光。
志趣淡时无俗味，功名藏处有华章。
问渠怒马鲜衣客，不向竟陵缘底忙。

李昊宸（吉林）

将赴余庆支教
——与友黔中山行

久负传经志，驱车下翠屏。
寒云截峰断，高柳乱天青。
地远杯中物，风翻座右铭。
众生灯火里，一例化繁星。

李恒生（云南）

水调歌头·城乡一体开发感赋

万里晴空碧，玉带绕街长。城乡一体开发，无限好风光。美景常留春驻，蝶引蜂来相聚，湖畔柳飞扬。漫步高楼下，触手弄花香。

上亭阁，诗共酒，拟疏狂。铺开云锦，泼墨挥笔写文章。妙句横生豪迈，佳作妆成时代，此地是仙乡。祈愿山河壮，道路更康庄。

李焕功（山东）

一剪梅·明湖①花月夜

碧水扬波踏浪行，月色溶溶，绿意盈盈，清风摇落一天星。荷影重重，人影重重。

几处夜蝉争树鸣，水里蛙声，岸上歌声，湖光潋滟意无穷。诗在其中，画在其中。

注：
①明湖：济南大明湖。

李金光（河南）

菩萨蛮·近中秋

风清气爽山河媚，榴开笑口枫林醉。节令恰秋分，黄花映日曛。桂枝浓郁处，鹊唱团圆句。谁个叹长长？凭栏白发娘。

李景霜（内蒙古）

卜算子·环卫工

霰伴朔风飞，夜迫寅光透。月下微闻飒飒声，隐约挥衫袖。

拂落满天星，再把丹霞绣。扫出清平世界来，处处无尘垢。

李 静（湖南）

鹧鸪天·题罗岭乡爱和小镇

翠柏如屏缀白杨，青青麦子菜花黄。枝头喜鹊频呼客，院里桐花正挤墙。

心缱绻，梦悠长。春来小镇任倘佯。慢时光入陶瓷里，待月斟来琥珀光。

李俊明（北京）

五绝·过折多山

天路车如蚁，逶迤越峻峦。
迂行峰渐矮，心域逐云宽。

李洛伍（河南）

五月观夏收

十里乡间映夏忙，风吹麦浪伴歌扬。
轰鸣铁兽拂地去，卷尽春愁遍地黄。

李明科（安徽）

访淮边小村

衔泥燕子入云庄，绿树银棚白粉墙。
渡口人归船系柳，溪头花落水流香。
山泉出谷荷池满，石径留痕古韵长。
嘱客清秋来最好，红榴多子蟹多黄。

李　朋（江苏）

小村轶事

风清日丽小桥东，笑语频传问老翁。
子媳打工收入稳，大田流转又分红。

李荣聪（四川）

清明祭亲

墓草青青节又来，杜鹃声里雨同哀。
儿时懒散老尤甚，好想听娘骂一回。

李如杰（湖北）

鹧鸪天·题图

浪迹春风又几程，流光指隙逝无声。风云聚散鸳鸯酒，日月穿行红绿灯。

歌易老，柳长青，十年已惯作飘零，而今悲喜归何处，一处乡愁两座城。

李如意（江西）

临江仙·为某转行卖肉的数学老师而题

酷爱捉些数字，闲来侍弄书篇，几何平面作江山，版图匀一点，规矩镇方圆。

苦涩青春斜率，卑躬岁月余弦，捉刀伏案各三年，人生如对角，我在等腰边。

李瑞河（江西）

题八大山人

劫变原多故，王孙事更奇。
空门曾寄迹，道院亦栖迟。
家国千秋恨，丹青一代师。
置身危绝处，哭笑两由之。

李太东（黑龙江）

七律·赞荷花

映日生成君子志，已将高洁注心泉。
出泥不染因存节，守直无妨只向天。
一缕清风馨肺腑，满身正气鉴婵娟。
花开质问贪婪者，立世何如水上莲。

李小英（湖北）

金缕曲·警魂

露冷寒窗里。醒无眠、那时年少，铁拳披靡。欣慰家家灯明亮，安顾身躯疲累？纵危险、何曾回避。可恨奸邪生祸患，痛难当、兄弟阴阳异。擒匪寇，向天誓。

沧桑岁月青丝几。问重来、依然暗许，此心难易。焉敢豪情轻辜负，诗酒华年堪记。思往事、应能无悔。漫道征途多雪雨，把痴情、付这平安喜。谁解我，铁肩义？

李晓东（北京）

咏海棠兼怀初恋

赏花多是在良宵，已惯劳君慰寂寥。
或是无香才解语，固因不媚自多娇。
一般颜色千回看，别样情怀万里挑。
却恨春深逐风去，人间从此各萧条。

李一信（河北）

处暑感怀三章

蛰吟断续送秋凉，秋赋秋声秋意长。
尝尽炎凉尘世味，人间冷暖亦平常。
（二）
瘦月清晖暑气收，西风爽爽梦悠悠。
光阴老矣情犹在，不负沧桑几度秋。
（三）
一夜秋风顾不暇，落红满地醉流霞。
笑颠老朽随香卧，为作春泥护幼芽。

李英俊（辽宁）

踏莎行·临行

　　杏子肥甜，黄瓜半大，已无豆角藏藤下。殷勤摘妥复分装，背包满塞初长夏。

　　身体当心，家中勿挂，几番眸落时钟那。终于剪影两相望，喃喃一句先回罢。

李迎九（湖南）

巴陵春早

　　鹅黄浅绿渐成堆，自是古城春早归。
　　我也闲来湖畔坐，依稀看得柳花飞。

李永俊（贵州）

致阎肃

霜晨月染鬓颜苍，大吕洪钟曲子长。
词落春风惊紫燕，音飞夏露颤流光。
金戈律动梳秋韵，铁马诗吟踏雪章。
写尽边关千阕壮，林泉玉泻亦宫商。

梁孝平（山东）

题留守老人照

莫笑妪翁儿戏荒，经年寂寞守空房。
四时院落谁相伴，除却朝阳即夕阳。

林　山（吉林）

七律·焊工

焊把如犁耕岁月，心花总伴火花开。
银光泛起重重韵，碧霭缠绵座座台。
细造精工凭妙手，强缝断体鉴奇才。
城乡建设留身影，面罩藏名任你猜！

周　知（湖北）

临江仙·秋晓

寄住高楼抬望眼，夜阑人静江城。淡云朗月晚风清。人间多少梦，天上两三星。

若有所思人独倚，依稀似有涛声。眼前混沌脑空明。易知前后事，难了古今情。

刘宝明（天津）

满庭芳·五月醉花香

槐月寻芳，南园赋景，榴枝斜探花墙，熏风日暖，柳带系骄阳。几处莺莺浅唱，便留恋，垂钓荷塘。眼前是，红拳碧伞，戏水小鸳鸯。

多情人渐老，今宵烟雨，旧梦仓皇，一声笑，生来不论评章。琐事凡尘名利，随它去，孟浪何妨，谁知我，少年心境，信手数丁香。

刘毕新（湖北）

穿旧军大衣有感

昔日军衣且保存，至今仍有几成新。
小孙别看留时久，老伴总当传世珍。
一领张开充满信，五星扣拢暖全身。
边关倘若鸣征鼓，岂敢不来歼敌人。

刘丰田（辽宁）

山村竹枝

老奶推门笑靥开，刚收微信倩人猜。
喜形难掩心中乐，孙媳凌晨抱二胎。

刘　峰（河北）

浣溪沙·放蜂女

追逐青春那朵花。心怀梦想走天涯。每将甜蜜送千家。
城市街头留倩影，山林深处遇芳华。回眸一笑灿如霞。

刘海林（内蒙古）

元上都草原雨后（新韵）

草原一夜染青纱，放眼元都映彩霞。
几树老榆居旧鹊，一畦小菜露新芽。
门前弯径迎亲友，岭后池塘戏鼓蛙。
最喜身边无赖犬，踩出朵朵腊梅花。

刘　俊（四川）

七绝·回乡

昨夜梦中又返乡，老屋墙畔见慈祥。
倚门遥盼三春久，扶杖相拥泪几行。

刘鲁宁（上海）

关向应

将军去色太匆匆，魂逐黄河水向东。
不是杜鹃啼血死，何来遍野映山红。

刘啟超（湖北）

蝶恋花·在那遥远的地方

举目高原怀激荡。西部歌王，似在身边唱。拨动情弦长向往。痴心不改今来访。

草浅云徊人影恍。可是姑娘，走出毡房望？天际羊群推白浪。鞭声久在心头漾。

柳茂恒（湖北）

风筝

趁得春风二月天，云空高阔自由旋。
无论身向何方去，不改初心与线连。

刘志广（内蒙古）

七绝·乌兰牧骑

彩袍长调管弦亲，六秩轻骑五代人。
雪夜马灯天作幕，草根牛粪送精神。

罗长江（湖南）

贺龙铜像

沙场驰骋忆峥嵘，铁马呀呀烟斗红。
吹角连营千岫暗，仰天啸地万山空。
将军百战彪青史，草莽三呼唱大风。
两把菜刀磨典故，传奇自古伴英雄。

吕水昕（浙江）

杆秤

砣铁微圆分量深，准星精点意沉沉。
此中若得公平在，一杆称来天下心。

马成君（黑龙江）

七绝·山桃（新韵）

凌空壁立峭岩中，寂寂如烟一抹红。
唯赖根深接地气，置身何处也从容。

马卫东（山东）

采桑子·枝头三月听花事

枝头三月听花事，开也桃花。谢也桃花，化蝶翩迁绕径斜。
三更醉望西窗月，梦在天涯。醒在天涯，一缕春寒透碧纱。

毛德慧（江苏）

七律·咏蜜蜂

惯向花丛寄此身，但凭薄翼丈红尘。
寻芳百里不辞远，课蜜三千未觉辛。
梨雪深时栖息久，槐烟密处往来频。
生涯短暂无劳悔，酿得琼浆馈世人。

孟庆和（北京）

川西行·邛海随想

月亮湾前半绕湖，航天城外一明珠。
只因阅尽西昌事，对语星空夜不孤。

牟国志（广东）

望海潮·放歌十九大

霓霞呈瑞，金风送爽，京畿朝野同堂。运筹帷幄，高瞻远瞩，豪情再谱华章。听号角激昂，看雄师奋起，步履铿锵。不改初心，征程万里慨而慷。

回眸九秩年长。幸南湖破晓，旭日井冈。北上灭狼，南征伏虎，迎来赤县重光。沐雨露冰霜，喜风帆正举，锦绣沧桑。昂首云天，欣逢盛世步康庄。

牛　能（云南）

节日写给母亲

登临每自嗟，反哺不如鸦。
厨下瓜当饭，篱边菊作茶。
都堪忙事业，谁可话桑麻？
遥念弯躬影，频频巷口斜！

潘　斌（辽宁）

挽歼十飞行员余旭（新韵）

玉田噩耗九州愁，余女香消魄永留。
碧水盈盈多哽咽，青山皓皓亦低头。
银机折翼铺前路，金凤重生断此忧。
待到苍穹直上日，芳魂一缕续清秋。

秦雪梅（四川）

鹧鸪天·月一壶

无酒还装月一壶，诗花词草植三株。不言长短人间事，只写多情秋水书。

尘勿染，句常锄，时时山鸟隔窗呼。衔来春籽房前种，半得清香半画图。

邱秀蓉（广东）

水调歌头·游南非好望角

何惧路途远，跋涉访非洲。草原莽莽飞过，好望角勾留。天际长云逐浪，海岸清风盈袖，佳境醉心畴。携梦到山顶，浩瀚两洋流。

赏鸥舞，听浪啸，任风讴。海天同抱，美好希望寄心头。坐看云舒云卷，慨叹潮来潮走，物我两悠悠。把盏酬天地，斯世复何求？

饶岩生（福建）

春村即景

岭外深村远，山环水复连。
梨花新雨后，啼鸟绿枝颠。
鸡犬闹篱院，人家炊早烟。
春来农事急，驱犊赴耕田。

荣西安（陕西）

七律·叶嘉莹赞

何处风情何处龛，故乡明月总深含。
美洲不构黄金屋，故国精雕碧玉簪。
无尽芳容休俗景，若非才女必英男。
先生耄耋标旗在，唐宋诗花艳海蓝。

沙永松（湖北）

元宵节回乡写意

最难握住是村烟，过往香风正蔓延。
糯米磨浆包梦想，搓成月亮一般圆。

邵 鑫（安徽）

腊梅

寻幽迷雪意，更赏腊梅姿。
瘦骨犹堪画，清香最入诗。
一枝先破冷，百蕊蓄开时。
园小寒无色，多情我自知。

沈伟强（浙江）

风入松·忆游嘉兴南湖

时值戊戌五月十八，阳历七月一日。忆昔日常畅游南湖。秀水泱泱，红船依旧，时代变迁，初心不改，有感于此，填词记之。

盈盈秀水碧于天，正柳翠荷妍。红船一叶南湖上，飞浪过、烟雨楼前。菱荇翻翻偎岸，韧茎底处深牵。

百年将近一挥间，世事总如烟。得留一颗初心在，凭谁问、薪火相传！回看流云横渡，鳞光向日波宽。

沈忠辉（辽宁）

回老家途中

前痕欲辨却成空，春水桃花处处同。
忽过少年如旧我，单车十里一襟风。

盛文明（湖南）

古石磨

握柄推来转若螺，牙槽渐失旧痕多。
几番辛苦何须怨，自古人生慢慢磨。

施维隆（福建）

戊戌通水·呈金门同胞

浯山解旱几罩思，乐此清泉润物时。
放任龙头褒蔺舌，顿开象管写襟期。
同温一甲干和酒，再渥千年橄榄枝。
木本水源源有主，个中至理两心知。

施榆生（福建）

五律·咏江边竹林

琅玕江畔立，潇洒万千枝。
蔼蔼青衿集，猗猗翠羽披。
凌云凭直节，俯水见高姿。
最爱清阴里，放怀吟啸时。

史继武（吉林）

七律·过建筑工地咏农民工

机器轰鸣四面围，抹墙举铲汗沾衣。
梦随广厦高高筑，情伴祥云款款飞。
孝老有心人眷念，返程无日泪轻挥。
开怀最是结薪后，不计辛劳踏月归。

苏军霞（陕西）

卜算子·映山红

花界不争名，贫富何曾媚。笑沐春风锦簇开，更有芬芳味。
如血染山涯，似火情怀醉。那首红歌代代传，光彩从无褪。

张东昌（河北）

水调歌头·海（新韵）

极目观沧海，天地水茫茫。碧波万里无垠，时有鸟飞翔。风起波澜壮阔，日落霞翻红浪，美景是何方？尘世玉虚境，自古美名扬。

忆往事，思魏武，念秦皇。星移物换，潮起潮落话沧桑。莫问英雄何处，且看江山如故，秋水映天长。何若携卿手，踏浪倚斜阳。

苏　燕（安徽）

为七十岁农民母亲写真

腰身伛偻鬓霜花，遥忆沧桑带笑擦。
几度扶犁犁困苦，数年播种种生涯。
肩挑四季晨昏色，夜补三更星月华。
磨砺劬心如曝日，掌中铁茧垒成家。

孙　燕（山东）

鹧鸪天·春思

篱外春光总不孤，几枝粉白几枝朱。衔泥紫燕双飞去，采得东风入画图。

山已绿，水相扶，凭栏再看那封书。未知三月青梅眼，见着檀郎有也无？

孙忠英（河北）

母亲节有寄（新韵）

诠释平生只苦辛，纵然八秩不劳人。
三间旧梦为儿守，半院香瓜带露分。
婉拒城中新世界，难辞邻里老乡亲。
离家未敢回头望，怕见佝偻久倚门。

谭险峰（河北）

雨过雾灵山

雨后深山七彩光，半坡云雾半霓裳。
横峰侧岭涂新色，一树槐花滴露香。

唐海清（湖北）

生日感吟

花甲从头度八秋，依然负轭似黄牛。
诗书半世存千纸，血汗终生付一楼。
下士有方能去病，上医无药可除瘤。
尚余绮梦待圆日，要看龙孙步月球。

唐　敏（贵州）

沁园春·潍坊浮烟山（新韵）

耸翠层峦，流彩云烟，齐鲁风光。看林间树杪，泉倾径绕；兰汀芷岸，草茂花香。鱼跃鸢飞，鹰翔鹤舞，古刹钟声着绿扬。骚人几、把天风红日，植入诗行。

麓台千古无双，引多少高贤读锦章。忆公孙学士，挥毫玉案；怀庭举子，传道黉堂。角征宫商，蓬莱仙客，铁板铜琶唱大江。思今古，邀半轮秋月，共话沧桑。

唐秀玲（吉林）

鹧鸪天·草

绿水青山处处家，平凡无怨伴蒹葭。曾经野火心难死，且沐春风梦又赊。

晨啜露，暮披霞，浮青流碧向天涯。生来不慕名和利，衬紫陪红岁岁华。

唐政夫（湖南）

临江仙·海滩月下吟

夜静鸥眠藏洁羽，柔波轻跃银鳞。珊瑚放彩白沙匀。苹风扬海韵，月色镀渔村。

此夕天涯同入梦，新程再启明晨。凭谁打造万年春？心弦千曲奏，先送绘图人。

陶建锋（江苏）

炎夏随感

骄阳似火汗濡身，汽水冰茶可醒神。
饮后空瓶休乱掷，高温下有扫街人。

万全亭（山东）

郯城县马头村即目

车过马头秋日斜，风摇玉桂撒金花。
当年倭寇屯兵处，三五村童正玩沙。

万文华（江西）

杜甫

草堂寄住苦吟风，绝唱千年尚自雄。
意气飞扬忧国始，霜丝疲困虑民终。
生前落寞资衣少，身后辉煌赞誉隆。
百事纤毫皆入句，诗君至此叹囊空。

王　博（上海）

临淡水

廿载文章枉自磨，天涯无处忆横戈。
故园昨夜空闻笛，江上谁人晚唱歌。
两地云涛千里梦，百家烟雨一城过。
回身惊见秋浮海，立此河山客思多。

王鼎三（河南）

枯叶情

莫笑春来叶发迟，秋前也有翠青时。
朽身化作新泥土，沃壮明年第一枝。

王纪强（山东）

七绝·南沙感怀

海角天涯是故乡，祖先几度启渔航。
放歌一曲浪涛和，月夜归时获满舱。

王秦香（陕西）

西江月·初夏即事

鸟语长辞老柳，荷塘渐起新蛙。田畴暮色笼轻纱，隐隐青山入画。
故事尘间过客，光阴指上流沙。那人依旧在天涯，是否花前月下。

王少刚（吉林）

冬日农家

岚重寒山远，雪深田野平。
房中灯正暖，窗外月初萌。
酒热新粮酿，鱼香老酱烹。
微醺兴致好，上网问商情。

王淑梅（黑龙江）

咏春风

春来风日好，惠雨泽边城。
草木参差碧，江天次第晴。
青菰添暖色，雪涧起潮声。
尽使山河净，从容濯紫缨。

王维民(山东)

沁园春·玉带滩上望博鳌

十里金沙,玉带当风,铁腕扼关。佩胸怀大海,肩扛激浪;背迎众水,臂挽飞湍。如许蛮腰,钓台稳踞,笑傲江洋不计年。灵娲惜,遣圣公石[①]伴,相守安澜。

合江汇海连湾。八风聚、鳌头摆论坛。望东屿岛上,华堂熠熠;万泉河口,霞旆翩翩。思接泉源,口悬流瀑,计吐潮生好挂帆。风樯动,看群鸥掠浪,翼展冲天。

注:
① 圣公石:玉带滩外侧海中由多块黑色巨石垒成的巨大岩礁,相传为女娲炼石补天遗落之物。

王新昌(河北)

七言·枫叶(新韵)

瑟瑟霜风草木休,繁华随雨入溪流。
谁云小叶无情致,尽作花红缀晚秋。

王亚华（山东）

临江仙·翻检同学相赠笔记本有叹

一抹流云天外，几声归鸟黄昏。烟光水色可相亲？听风风去远，待月月无痕。

长叹此情渐冷，难将旧梦重温。万千思绪不成文。落花犹可扫，未扫是心尘。

王亚萍（浙江）

七绝·绩溪龙川道上作

黛瓦人家半掩门，前阶柳絮补春痕。
几声啼鸟知何处，流水潺湲过远村。

王　永（河南）

纳凉

庭前朱槿霏霏雨，窗外苍松澹澹风。
佳境何劳苦相觅，清凉原在故园中。

王玉芝（黑龙江）

五律·秋日访亲

旷野含空远，青纱带露凉。
秋蝉藏叶下，溪水绕村旁。
踏入桑麻院，擎来琥珀光。
陈年多往事，共待菊花黄。

王云龙（辽宁）

秋意

山中初罢雨，秋色又黄昏。
风逸疏蝉响，天钩淡月痕。
晴烟千叠嶂，红树几家村。
尤爱酡颜叟，高歌醉叩门。

王自容（重庆）

七律·摄影人

千峰百嶂古夔州，老尽江声绘楚囚。
不欲登临争旷亮，惟由笔句享优悠。
闲吟晚醉三人月，随摄平明十里秋。
一卷前朝霞客记，清风写意几分愁？

王作书（吉林）

春山别友归来

起身拱手谢君茶，旧帽檐前一抹霞。
小步只因闻鸟语，多情偏要看梨花。
半头霜雪迎春暮，满眼河山感物华。
自有东风装点去，野翁不必乱涂鸦。

魏新建（江苏）

五律·过鄱阳湖

荻花荷叶老，零落向秋深。
浪涌连天雪，云遮远岸岑。
鹤鸣风乍起，渔火日初沉。
古渡霜枫染，月升诗满襟。

吴国宗（浙江）

墨斗

墨守①方圆寸半家，不容规矩失偏差。
准绳一自心中发，校正人间曲与邪。

注：
①墨守：罗惇曧《文学源流·周秦诸子总论》："公输善攻，墨翟善守，故谓善守者为'墨守'。"诗中双关。

吴　容（浙江）

钱江听涛

夜落钱塘白浪深，鱼鼋啸啸自浮沉。
百层水雾笼星月，千里江声亘古今。
入梦不疑金鼓响，到诗常作匣龙吟。
听潮东去人多感，海上风波总系心。

项党芝（河南）

鹧鸪天·儿时纳凉

澹澹荷风淡月光。蛙声碎了小池塘。蓬头稚子流星数，笑脸慈亲蒲扇忙。

槐树下，草秸旁。说书老者语铿锵。嫦娥故事沉沉醉，萤火幽幽照梦乡。

肖红英（日本）

五律·夜

卷起一天青，铺开黑色屏。
先添云畔月，再撒水边萤。
欲隐深深念，偏成浅浅听。
若非情渐重，何以见流星。

谢红平（湖南）

浣溪沙·岳阳楼抒怀

吴楚苍茫一泽收，城台烟树两悠悠，飞云过处几闲鸥。
万里乾坤寻胜迹，三湘腹地仰名楼，长歌慷慨扫乡愁。

谢鹏主（湖南）

感旧

记得别时风雪寒，几回相册醉中看。
今宵月照阶前白，认作当年雪未干。

胥春丽（黑龙江）

水调歌头·有感
清明节央视直播海内外华人祭黄帝现场（新韵）

四海同根系，血脉本基因。乡愁最怕离落，聚散总情深。千尺风中老树，心底尤怀炽热，叶落也缤纷。铭记曾初始，回报万年春。

轩辕氏，生华夏，筑乾坤。昆仑走笔，歌成一阕大精神。相挽相扶筚路，再举长旌圆梦，龙起壮青云。莫忘归家路，那是俺的根。

徐东华（吉林）

百年红舟赞（二首）

烟水苍茫启画舟，百年风雨立潮头。
一从破浪惊天后，载我中华入大流。

（二）

锤镰赤帜引征帆，击楫中流矢志坚。
砥砺前行开盛世，初心不改梦归圆。

徐　梅（山西）

鹧鸪天·同学母校聚会

莫数额头岁月痕，卅年无改是纯真。千声笑语三杯满，半世人生百味陈。

书朗朗，草茵茵，吉他老调似重闻，曾栽杨柳依然绿，留得青春梦尚温。

徐青锋（北京）

南乡子·户外登伏牛山

绝地入层霄。千仞飞流此处漂。足下群山凝雾障，魂消。临壑来听云外涛。

攀壁又登高。百米长绳系我腰。呼啸山风吹袂起，飘飘。身入苍茫愁已抛。

徐士颜（内蒙古）

为环卫工人写首诗（新韵）

巧借桔红做简装，收残捡腐似寻常。
冬除渣土冰十寸，夏战蚊蝇清四方。
夜色星光怜瘦影，街明路靓嗅花香。
游人皆道风景好，环卫新描绘梓乡。

徐中秋（浙江）

鹧鸪天·鲁镇人家

楼阁临河倦倚栏，画桥交错柳如烟。谁家帐板依稀迹，犹记孔生赊酒钱？

新毡帽，旧蓬船，渔灯盏盏泊台前。湖心社戏缠绵曲，薰醉西天月一弦。

许　明（广东）

戊戌春首自勉

一剑堪须十载磨，泛舟学海不扬波。
闻鸡莫道天明早，凿壁为求典读多。
长抱高怀思壮阔，休将韶景费蹉跎。
何当负笈书山顶，仰首豪吟万里歌。

薛士赫（河北）

七律·三北防护林寄怀（新韵）

惠在千秋工在今，肥田固漠卫丹宸。
黄坡植树三千里，碧带拦沙十万巡。
暑樾梦梦调气候，寒躯飒飒滤烟尘。
来年桃李花开日，定教春风渡玉门。

闫赵玉（河南）

踏莎行·重过汴京

临水褰裳，步堤留照。虹桥塔影迷芳草。且颁榆火近清明，辇乘已共烟波杳。

江北师师，江南小小。萧条异代红颜老。行人漫说宋宫谣，幺弦听拍新声调。

杨桂章（江苏）

浣溪沙·山村采风

一路桐花心自迷，谁家燕子绕疏篱。落英带梦出山溪。

访古村村呈古味，采风处处醉风漪。归来鸟语一兜提。

杨继新（湖北）

颂母亲河

晴涛卷雪下三巴，宛若神龙曼吐霞。
百座金桥连伟岸，两廊月桂拥高车。
烟帆沐尽潇湘雨，梦笛吹开故里花。
遍历长航观胜概，一江春水育中华。

杨业胜（河南）

梦回山村（新韵）

几回梦里返山村，耳畔乡音分外亲。
十户楼房衔翠岭，一条溪水捡青云。
湖中莲搂三更月，垄上茶收十两春。
最喜黄莺唱花径，轻风走过带香闻。

杨玉田(吉林)

重阳

满目枫丹灿若花,秋光恰似老年华。
夕阳不肯依山落,独爱黄昏一抹霞。

于海锋(江苏)

梨花(新韵)

层层细蕊影篱台,缓趁东风细细开。
最是人间真本色,无须水洗自清白。

俞安平（安徽）

七绝·游小岗村有感
草

野外田间沐雨中，江南江北绿匆匆。
春来冻土谁先破，不与人言第一功。

臧振彪（北京）

水调歌头·海岛观潮

千里独行客，来看海潮升。水天辽阔无际，吞吐若雷鸣。欲唤蛟龙喷雪，又恐惊涛拍岸，咆哮与云平。且伴鸥欢唱，愿似浪奔腾。
朦胧雾，淅沥雨，往来风。流年如是应问，衰鬓几尘星。极目茫茫一线，笑我堂堂七尺，空剩此身轻。梦断无寻处，长啸两三声。

翟萌曦（湖北）

七律·焦桐

扎根贫瘠耸天云，遮雨拦风若虎贲。
每笑黄沙消影迹，长垂绿荫庇黎群。
陪他明月寒和暑，励我初心洁与勤。
为有花香时沁骨，神州无处不清芬。

张承安（江苏）

五律·廉石吟

一块清廉石，千秋法理长。
不含贪腐色，只压远行舱。
百姓心中宝，官厅案上章。
多营良善事，世代口碑香。

张德新（黑龙江）

临江仙·月下感怀

莫看一轮圆又缺，缺时未必无情。相逢相失总因卿。难平沧海意，来觅落花声。

心上眉间镌刻罢，回眸已是曾经。此山此水愿同行。从前多少景，不在梦中停。

张国林（重庆）

采桑子·雨

滴滴点点争先闹，轻踩枝摇，羞吻花娇，还在人家瓦上敲。

多情却让浮尘恼，肥了秧苗，喜上眉梢，无愧人间走一遭。

张海贝(湖南)

赠姊

人生何所已,秋尽自归根。
若不修才德,焉能信子孙。
风华一朝去,底蕴永年存。
感此怀东野,莫忘慈母恩。

张建章(河北)

题透影白瓷

　　丁酉秋,同诗友参观邢窑博物馆,名品琳琅,叹为观止。余意:陶瓷正是中国精神的化身,中华文化精华的凝聚,历水火而弥坚,经沧桑而更美,故赋诗以记之。

——题记

观瞻到此欲何如,呼吸暂停意念无。
移步恐惊蝉翼破,抬头若见美人肤。
只知倩影存丝路,谁晓冰肌出炼炉。
疑是白梅花瓣捏,至今犹有暗香浮。

张景芳（吉林）

小乡道

连着校门连着家，镶边自有马兰花。
书声未觉羊肠窄，走出几多山里娃。

张丽霞（江苏）

观《富春山居图》（二首）

千里江山一轴收，丹青流韵绘春秋。
疏林有致山容澹，空水无涯钓舸愁。
剩卷犹能窥大道，残身惜未补金瓯。
我今重顾烟云梦，半世流离尽入眸。

（二）

山外群山远俗尘，华滋草木似逢春。
半生颠沛怀家国，四载经营寄客身。
崖岸观涛聆寂静，骊珠传世历艰辛。
今遗两地分残卷，嗟惋还当展画人。

张　琳（重庆）

八声甘州·咏青蒿兼寄屠呦呦获诺贝尔奖

　　酿苦心草际曳烟光，几番敛形容。想阳春布泽，华阴着意，原野青葱。天厚苍生不语，脉脉护珍丛。低首藏人海，远志谁同。

　　等是白衣采撷，漫药香如蝶，造化无穷。喜物微所用，解得此深衷。历沧桑、神清病去，写佳音、世界应相通。从今后，鹿鸣悠远，到处春风。

张明友（贵州）

蝶恋花·诗县丰秋（新韵）

　　营造诗林花朵朵，费尽辛勤不负当初诺。行列之中还有我，随前随后经心过。

　　幸有香茶香酒佐，净了民风雅了新村落。未必诗花真有果，痴心不灭星星火。

张青云（河南）

环卫工人（新韵）

帚箕在手扫春秋，扫尽浮华净土留。
马甲穿成风景线，长街小巷作云游。

张万平（河北）

七律·黄河（新韵）

身依华夏枕昆仑，九曲难移入海心。
化雪挟沙飞瀑布，腾云引鲤跃龙门。
恩泽先祖遗黄种，磨砺后昆承禹魂。
盛世江源还秀色，汇洋澎湃自强音。

张彦京（山东）

入粤咏兰

幽兰生粤北，采佩上南冈。
庾岭青云近，梅关古道荒。
流泉滋九畹，逸韵胜三湘。
何必争良莠，天香溢万方。

赵安民（北京）

水调歌头·大美新疆

华夏山河美，大美数新疆。浪涌千山万壑，彩锦缀牛羊。峻岭高原盆地，瀚海森林戈壁，苍劲看胡杨。雪域冰峰耀，玉洁雪莲香。

版图阔，民族众，好家乡。欢会麦西来甫，热烈舞刀郎。古道沟通欧亚，荟萃东西文化，驼旅万邦商。喜阅新时代，丝路大文章。

赵晓生（河北）

山居

紫气氤氲落照斜，夜来灯下品诗茶。
九秋北涧收瓜豆，三月南坡赏杏花。
晨起开轩闻鸟语，晚归涉水见云霞。
陶情难忘春耕季，布谷声声是我家。

赵忠亮（山东）

江城子·环卫工

车流涌过老街长。去风狂，粉尘扬。一帚孤持，默默扫晨光。宿鸟频啼如熟识，弓背影，送残阳。

游人任吸好春香。倚花旁，笑声琅。时叹高城，洁美换新妆。肯见橙衣挥巨管，衢路上，记沧桑。

郑邦利（海南）

浣溪沙·多文镇新风

风送凌晨一串铃，手扶突突雾中停。门前垃圾霎时清。

到耳莺簧声细细，入眸花树影亭亭。喜看古镇变年轻。

郑武霖（湖南）

鹧鸪天·做客农家

树掩楼台庭院花，蝉鸣禽唱小桥家。稻肥果绿连阡陌，路靓溪清竞物华。

村酒渌，野蔬佳，紫砂壶暖品香茶。笑谈荫下枰中局，乡曲山歌送晚霞。

钟宝明（江西）

七律·铅笔

频繁斫削总如痴，兴至尖锋始咏诗。
入手多承人指教，抒怀尤赖楮兄知。
文心逐渐雕来绝，短处分明舍去迟。
但喜糊涂容易改，常凭质朴着新奇。

钟振振（江苏）

七律·五一二大地震灾后重建

交胜天人道未穷，三川地裂一针缝。
生灵下界方刍狗，死魄中宵竟烛龙。
雨后蕈排新市镇，风前壁立旧云峰。
曙光红衬国防绿，民气军声叠万重。

周东胜（辽宁）

七绝·航标兵（新韵）

二峰礁屿千波涌，三丈航标百里明。
四壁石屋十洼水，一兵身后万家灯！

周美平（湖南）

鹧鸪天·咏桃花江

天下风行一曲歌：桃花江是美人窝。当年胜概欣还在，此日春光占更多。

游竹海，访湘娥，喜看牛女会银河。灵均香草裁新韵，逐梦征途万象和。

周乾凤（湖南）

珍惜国土

枉怜自郁奈愁何，有限资源浪费多。
世上本无长醉酒，神州尚有待疏河。

周拥军（湖南）

游长阳清江

欲游山水自相亲，偶遇清江一段春。
夹岸烟波依绝壁，沉沙鸟影逐金鳞。
桨声荡入云深处，碧色横流梦远津。
莫道澄明八百里，归来最忆土家人。

朱厚宽（江苏）

村姑喂蚕

四月乡间农事忙，村姑喂叶满身香。
娇蚕寻觅罗衣上，竟把绿衫当绿桑。

朱礼乔（江西）

西窗夜话

未名未禄又何妨，金桂依然绕宅香。人过中年追淡泊，秋来万物转收藏。

运行有序随天地，出世无门问老庄。乐水乐山心不改，任他两鬓变成霜。

邹积慧（黑龙江）

水调歌头·登大兴安岭

谁遣斑斓色，染就五花山。奔来深壑如海，百里荡晴澜。径仄荆丛九折，霞蔚飞流一练，黑水带长天。碑耸松林肃，仰慕久盘桓。

云蒸日，秋焕彩，壮兴安。莫论前路千险，敢越万重关。岭上金风吹过舞动黄花丹叶，猎猎激情燃。崖畔岚烟紫，绝顶大雕旋。

禹瑞清（湖南）

沁园春·参观宁远县舜帝陵

翠柏苍松，栋宇南风，韵致永恒。算史前史后，万民仰止；江南江北，遍地同盟。至孝天知，笃亲地晓，垂范春秋万世陵。霞光里，看立身雕像，自有神明。

南巡到此安宁。却又是尧天舜日清。正复兴崛起，红船劲旅；大同走向，绿色长征。黍稷南薰，重瞳光远，家国情怀由孝萌。山陵字，念河清海晏，一脉相承。

八万诗人唱大风
—— 周笃文颁奖仪式演讲

■ 周笃文

各位领导、各位名家、各位诗友、各位嘉宾：

大家好，今天是个好日子！诗词之花在此时灿放，第二届"中华诗词有奖征集"活动，今天在此颁奖。几个月中，来自五大洲、二十几个国家的汉诗作者纷纷参赛，来稿量达到81 769首，作者来自国内三十余个省。在我记忆当中，除了1992年第一届金榜集的大赛作品超过十万首以外，这是二十年来参赛稿量最多、影响最大、质量最高、可以媲美金榜集的大赛。我认为这是一次新的突破、新的攀升，我感到十分兴奋，十分骄傲。可谓是佳作如林令人骄傲，比如：

一等奖获得者王天明的《定风波·国产航母下水》，起笔二句：以"勇士闯海，蛟龙弄潮"，二重意向的艺术概括，既形象生动，又极有力度。令人眼睛为之一亮，接着用"天际红旗，浪花万朵"加以补足，绘声绘色，力量万钧，最后以海上长城作结，可谓掀天揭地、气壮山河的佳作。作为这次的第一名当之无愧。

二等奖三首诗，首首精彩。

刚才看到戴苏裕同学从澳大利亚传来的影像，小戴的两句诗"魂萦李杜千年韵，心系爹娘两鬓霜"。前一句是写中国的文化自信，后一句是写骨肉深情的声诉，就这两句我认为也是天下人为之赞叹的好作品。

黄炎清的《沁园春·塞罕坝精神赞》，我认为他是当代的新愚公。三代人，五十五年，在零下四十三度，兔子都不拉屎的地方，建造起绿色的长城,这是人类的奇迹。诗云:"一面红旗,三代青年,万里翠屏。山水云霞无限情。春来也、听奔雷击鼓,布谷催耕。"多么令人陶醉呀。

周少泉的《贺新郎·"一带一路"颂》,我认为作为诗词艺术方面的修养,他用的是最全面的,确实在词的方面融化于心中,字字都美,我认为这是一首最美的诗词。"振唐音、飞天纵马,长安峰会。千古冰融飘花雨,西域畅通霞蔚。……高铁迎驼队。燃烈日,血盈沸。"字字句句,大美无垠。

三等奖中胡方元的《七绝·白玉兰》,"恍如白鸟栖枝满,一着东风便欲飞。"何等妙绝,放在千古诗歌中毫不逊色。

张志红的《秋思》,"乡思如稻子,粒粒满心房。"从生活当中的景象,升华到这么个高度,可以比美唐宋诗坚。

最后以小诗一首结束我的演讲:

$\qquad$诗国今番涌大潮,
$\qquad$风华绝代竞妖娆。
$\qquad$江山处处开生面,
$\qquad$万紫千红在我曹。

综 述
ZONG SHU

诗词复兴跨入新时代
—— 第二届中华诗词有奖征集活动

■ 戴　平

第二届中华诗词有奖征集活动是由诗刊社、中国民族博览杂志社、中国诗书画网、北京东方中国诗书画院发起主办的面向海内外诗人及诗词爱好者的诗词创作大赛，2018年5月17日在中央电视台梅地亚中心举行新闻发布会，正式启动赛事。征稿止于2018年8月31日，共收到参赛作品81 769首。经过初评、终评，共评选出300首获奖作品，其中，一等奖1名，二等奖3名，三等奖6名，优秀奖90名，入围奖200名。2018年12月15日，在中国现代文学馆举行颁奖大会。

秉承首届中华诗词大奖赛的宗旨，本次活动从征集主题到评奖原则，依然以激活中华诗词的时代能量、唱响新时代最美中国声音为导向。纵观本次活动征集的诗词，我们欣喜地看到，新时代的中华诗词已经呈现崭新的气象。

古人不见今时月——新时代，新题材

"文章合为时而著，歌诗合为事而作"。对时代、对现实社会的关注和表现，是创作的缘由、创作的目的，也是作家的责任和使命。

本次有奖征集活动的数万首应征稿件表明，笔墨紧随时代的优良传统得到继承和发扬。应征诗词与时代和社会发展紧密相连，描绘了波澜壮阔的时代画卷，记录了中华民族伟大复兴的奋斗历程，凝聚了崭新的精神

价值。

诗词题材方面，当代作者，生而有幸，生活在一个日新月异、飞速发展的时代，加之交通便捷，全球一体，生活丰富多彩，视野无比开阔。举凡一带一路、精准扶贫、乡村振兴、丰收立节、南海阅兵、三沙设市、神舟飞天、蛟龙深潜、航母巡航、激光慑敌、量子通讯、国产芯片，乃至扫码支付、微信视频、单车共享、村镇路通、环卫扫街、民工作息、老人留守、大妈起舞等前所未有的新题材都在诗人的笔下得到丰富生动的表现。传统的景物描写、乡愁乡思也随着国际交流的频繁和深化扩展到海外异国，具有更加广阔的背景和崭新的内涵。

新生活，新题材，蔚然大观，不胜枚举。下面，撷取来稿比较集中的几个方面，例言一二：

作为中华诗词的重要组成部分，军旅诗词具有独特的文学传统、思想资源和审美特质。无论是战争年代还是和平时期，边塞诗、军旅诗都以其刚健、崇高、壮美的审美品格挺立时代潮头，在激励人们弘扬爱国精神、彰显英雄气概、培育尚武精神、锤炼品格情怀等方面发挥着重要作用。

近些年来，民族复兴、强军兴军的伟大实践无疑赋予了诗人坚定的文化自信、丰沛的诗意灵感。军旅题材诗词颇具分量，不仅来稿量大，而且有不少直面时代变革，对军旅现实、公共生活、理想价值和民族国家给予深切观照的上乘之作。本次大奖赛一等奖作品《定风波·国产航母下水》（王天明），就是一阕充满民族自豪感，时代色彩鲜明的好词：

自古重洋勇者行，蛟龙入水引潮声。映日红旗天际远，舒卷，征途万朵浪花迎。

综述

极目云横风起处，何惧？官兵铁骨已铮铮。一任惊涛如猛虎，航母，今于海上筑长城。

本篇短短 62 个字，上片写航母下水游弋驰骋，下片写狂风骤起冷静面对。貌似随意的叙述中含有深意，写出了我们的国威、军威、国魂、军魂。气魄宏伟、音调铿锵、寓意深长。

"一带一路"是和平之路、繁荣之路、开放之路、创新之路、文明之路。自然，也是一条诗词之路。有诗人说，这是一条有故事的路，每一粒沙中，都藏着佳句；这是一条有故事的航线，每一朵浪中，都带着韵脚。二等奖作品《贺新郎·"一带一路"颂》(周少泉)：

大道龙腾美。振唐音、飞天纵马，长安峰会。千古冰融飘花雨，西域畅通霞蔚。漫月笛、春风秋水。逐梦昆仑霓蠹灿，揽星垂大野长河沛。青史耀，更无愧。

阳关进酒群贤醉。总难忘、啸雷山海，放歌宏伟。金石和鸣铜琶亮，共品中华情味。破巨浪、云樯齐汇。"带路"宏开连寰宇，舞丝绸、高铁迎驼队。燃烈日，血盈沸。

作者将言志、抒情、寄意融入一体，展示了"一带一路"的壮阔画面，描写了丝绸之路的万千气象。时至今日，更是山海啸雷，金石和鸣，巨轮班列通向五洲四海，此情此景让人热血沸腾。

设立三沙市是维护我国南海权益的重大举措，彰显我国在南海的行政管辖一脉相承。本次三等奖作品《遥瞰三沙》(彭子辉)，融自然与人文、历史与现实为一炉，理证与诗意浑然一体，颇为可圈可点：

舷窗之外白云多，云下粼粼见碧波。

南海早归秦郡县，西沙自是汉山河。

摇风椰树拭春镜，剪浪渔船织玉梭。

千顷银滩红一点，国旗飘处有军歌。

近些年来，以移动互联网为代表的新科技成果大量进入我们的生活，对人们的生活方式、审美体验、思维模式、生命意识和各种社会关系，都带来重构的要求。对此，我们的诗词没有缺席。"家家墙挂二维码，个个机连四大行"（马瑞新《七律·腊月农贸市场见闻》），"民丰国泰有余庆，消费时兴扫码人"（金嗣水《翻检旧物看到一张五钱粮票》），"幸得如今有微信，不愁鸿雁阻衡阳"（郝学敏《寄小女》）等就是敏感的诗人，对新生事物的体验使用，崭新生活方式的热情拥抱。

众多的普通劳动者是社会的基石。对普通人予以诗意的关怀和观照，是诗歌人民性的体现。纵观本次诗词征集活动的来稿，大量篇幅来自书写普通人的生活、劳动和情怀。其中，有"每向无垠穷万象，还从射电辨千声"（李曼歌《天眼之父南仁东》）的科学家，"朝踏雪，夜巡星，关山明月惹诗情"（程良宝《鹧鸪天·昆仑鞍马巡边》）的边防战士，也有"足印千程旅，工棚万里家"（阚东明《筑路工》）的筑路工、"一篙起落风兼雨，四季阴晴往复来"（孙双凤《乡村河道清理工》）的河道清理工、"焊把如犁耕岁月，心花总伴火花开"（林山《七律-焊工》）的电焊工、"乱蝉苦热声声急，无碍披襟午梦香"（丁向辉《装卸工》）的装卸工，有"才进家门口，电话几催鞭"（傅筱萍《水调歌头-医生》）的外科医生，"借得夕阳光一束，晚霞再映半天红"（曹甫成《七律-古稀抒怀》）的退休职工、"放学归来不进家，打筐猪草走南洼"（高怀柱《鹧鸪天-留守女童》）的留守儿童、

"梦随广厦高高筑，情伴祥云款款飞"（史继武《七律－过建筑工地咏农民工》）的建筑工、"心怀梦想走天涯，每将甜蜜送千家"（刘峰《浣溪沙－放蜂女》）的养蜂女——特别是环卫工人，更是争相吟咏的对象，此一题材来稿约有三十余首，入奖9首，堪称热门题材。

芳林新叶催陈叶——新时代，新境界

　　王国维在《人间词话》中提出："词以境界为最上。有境界则自成高格，自有名句。"并阐释说："境非独谓景物也。喜怒哀乐，亦人心中之一境界。故能写真景物、真感情者，谓之有境界。否则谓之无境界。"

　　境界，既然是情与景所构，则自然有新旧之分、大小之别、高下之判。前所未有之景、前所未有之情自当为新境界。单以情论，超越一己之情自当为大境界。以艺术水准论，情景交融别开生面者则可谓高境界。追根溯源，诗词的境界，可以说就是诗人思想境界、人生境界和艺术水平的综合呈现，也是评价其优劣的重要标准。

　　承蒙时代的馈赠，当代诗人们拥有得天独厚的创新条件。五千年来，中华文明发展中积淀形成的天人哲学、自然观念、中和思想、家国情怀、田园情调等中华民族独特的世界观、人生观、价值观、美学标准、审美倾向，和近现代以来，特别是当代全球文化大融合背景下，诸如自由、平等、民主、法制、开放、融通等现代意识和学理资源，乃至信息化时代交通、通信技术飞跃发展所带来的全新时间空间感知相融合，构成更加开阔、富有新意的现代审美标准和美学境界，再加上悠久历史带来的文化

自信、民族复兴的目标激励、国力强盛的底气充盈、昂扬进取的时代精神,使诗人的思维更加开阔和活跃,传统诗词意境得到革命性的开拓和创新。

例如,思乡,自古以来是诗词创作的常见主题,反映了人之常情。但是,二等奖作品《中秋澳洲望月》(澳洲·戴苏裕):

重洋远渡几回肠,身在天涯梦未央。
异国春风梳柳翠,故园秋色应花黄。
魂萦李杜千年韵,心系爹娘两鬓霜。
又是夜阑人不寐,乡关明月照诗床。
(注:北半球秋季,澳洲正值春天。)

作者在"重洋远度""身在天涯"的背景下,所思不仅是故乡山水、故国花黄、霜鬓爹娘,还"魂萦李杜千年韵",乃至于"又是夜阑人不寐,乡关明月照诗床"。这反映的就不仅是一般的思亲、思乡、思土,更是表达了对中国传统文化的深深眷恋,对祖国、祖宗、祖先的拳拳敬仰,呈现出思根、思源、思奋,反映中华儿女广博情怀的崭新境界。

对环卫工人的致敬和礼赞在本次征集活动中比较突出,体现了诗词关注人,关注普通人的优良传统,其中也有大情怀,大寄托:

晓天犹挂星无数。已扫遍、霜尘路。专用斗车闲不住。才穿陋巷,又临豪墅,如影同朝暮。

满城攘攘多灰土。自顾清街净千户。低唱红歌头顶雾。仰瞻俯探,但愁帚短,难及高深处。

这首三等奖作品《青玉案·环卫工人》(许东良),尾句"但愁帚短,难及高深处"的遗憾，体现了劳动者的自豪里有浓厚的主人翁意识和强烈的责任感，可谓境界高远。

再看一首吟咏普通劳动者的五律《筑路工》（阙东明）：

野岭月笼纱，驱寒雪煮茶。

镐飞晨露湿，锹舞夕阳斜。

足印千程旅，工棚万里家。

回眸高速路，呼啸已天涯。

起句便将时间、地域、环境及其变化，与筑路人的艰辛融为一体，到工棚万里家，似乎已将意思表达完备。如到此收尾，则没有时代感，哪个年代的筑路工不是这样？然而，作者一回眸，看到了自己修筑的高速公路，直到天涯，便让人领略了近四十年中国呼啸前进的速度，以及筑路工的喜悦与自豪。

这种对诗词境界的开拓创新，带有鲜明的时代色彩，在其他获奖作品中也随处可感。如：

《沁园春·塞罕坝精神赞》（黄炎清，二等奖）

一面红旗，三代青年，百里翠屏。正鹰翔坝上，清溪束练，云浮岭表，林海涛声。北拒沙流，西连太岳，拱卫京津百万兵。凝眸处、邈苍烟一抹，绿色长城。

曾经岁月峥嵘。况览镜衰颜白发生。忆荒原拓路，黄尘蔽日，禽迁兽遁，石走沙鸣。沧海桑田，人间奇迹，山水云霞无限情。春来也、听奔雷击鼓，布谷催耕。

《金缕曲·过兰考咏泡桐兼怀焦裕禄》（林晓梦，三等奖）

入耳听清脆。遏行云，玉盘珠落，分明焦尾。为问筝琶音何好，道是泡桐镌制。出兰考，软沙平地。弹彻神州同筑梦，已送穷，了却平生意。堪告慰，老书记。

古琴声里追前事。忆当年，黄河故道，风沙狂起。长夜忧劳终成病，扶病植桐成垒。阻尘暴，森森列峙。望里峥嵘连万顷，尽甘棠，叶叶民心系。桐荫下，一挥泪。

《七绝·白玉兰》（胡方元，三等奖）

恻恻轻寒新雨微，亭亭春树绽花肥。

恍如白鸟栖枝满，一着东风便欲飞。

《五绝·秋思》（张志红，三等奖）

远树无红叶，平原有淡黄。

乡思如稻子，粒粒满心房。

这些作品，尽管题材各异、体裁有别，但我们从中很容易感受到整体的饱满激情、自由心态、亮丽色彩、明快节奏、生活热忱、超越情怀，和我们这个伟大时代的精神一脉相承。著名诗人刘迅甫认为，为人民抒怀、为时代放歌是当代诗人高屋建瓴的优势，也是优秀诗词最显著的特征。

万紫千红总是春——新时代，新气象

中国文学批评史，曾把盛唐时期诗歌的总体风貌概括为"盛唐气象"，谓其特征是"既笔力雄壮，又气象浑厚"（宋-严羽《答出继叔临安吴景仙书》）。盛唐气象形成的原因，主要是盛唐诗人普遍具有豪情壮志。面对当时国势强大、经济文化繁荣的局面，诗人们大抵胸襟开阔，意气昂扬，希冀建功立业，追求诗境的壮阔雄浑。这一点，新时代的歌手们同他们何其相似！

著名词人蔡世平曾断言，中华诗词事实上已经进入一个可以产生好作品的时代。他乐观地认为，继唐宋之后，可能出现一个新的高度。本次活动来稿，特别是获奖作品表明，中华诗词确实无愧于伟大时代的风向标。从众多优秀的诗作中，我们听到了中华民族在复兴路上的铿锵脚步，听到了创新发展的蓬勃心跳，感受到千帆竞发的火热激情，体会到坚定强烈的文化自信。因为我们的诗人不仅是以见证者的身份再现新时代火热的生活，而且以参与者的身份，真实感受我国现代化的进程。有了感同身受，诗词得以与民族复兴的伟大征程同步，充满着力量！

本次活动征稿历时三个半月，收到来稿八万多首，作品数量之多令人瞩目。体裁包括五绝、五律、七绝、七律、排律、古风以及长调、中调、小令等词作，涉及词牌一百多个。题材内容十分丰富。既有抒发个人情感的抒情言志之作，也有涉及国家大事、百姓生活的百行百业社会题材，可谓百花齐放，丰富多彩。其中，最突出的特点是重大社会现实题材受到普遍关注，笔墨紧随时代的艺术规律得到生动体现。

从地域分布看，来稿涵盖全国各省、自治区、直辖市（包括港澳台），以及美国、加拿大、法国、德国、英国、西班牙、俄罗斯、澳大利亚、新西兰、日本、新加坡、马来西亚等二十几个国家和地区。

从作品内容分析和作者介绍看，征集活动的参与者职业类别广泛，绝大部分是普通的干部、工人、农民、学生、公司员工、离退休人员，以及海外华侨、留学生等。普通人写、写普通人的特点非常突出，说明中华诗词正在大众化、普及化道路上健康迈进。特别是一大批年轻作者开始崭露头角，他们创作激情高，艺术修养全面，眼界开阔，思维活跃，审美多元，给诗词园地带来了蓬勃的朝气。

　　从艺术水平看，评委们普遍感到，本次活动来稿质量较高。优秀古典诗词特有的那些精微的生命感发、精妙的审美意境、精简的语言风格、精当的对仗韵律等都得到了继承和发扬。同时，不少作品在语言表达等方面有所创新和突破。诗人能够自觉运用新词汇、新语言表现新事物、新生活、新题材、新思想，如"消费时兴扫码人"（金嗣水：《翻检旧物看到一张五钱粮票》），"高铁往来四海人"（代群《鹧鸪天·老区新貌》），"这里欢呼收墨宝，那边涌动索窗花。拉近民心谁点赞？情深夹道送中巴"（贾来发《参加免费送春联下乡活动》），"今日纷纭工作秀，斯人澹泊耻沽名"（李声满《赠袁隆平院士》）等。新词汇、口语、俗语、时语入诗，使诗词的表现空间得到拓展，时代色彩鲜明。

　　此外，评选中还发现，许多同类题材的作品各有千秋，实在难分轩轾，取舍艰难，评委们往往需要反复斟酌、评议才能拿出意见，限于获奖名额，遗珠之憾多多。

　　当然，当代诗词创作中的一些突出问题在本次活动中也有所体现，如诗词创作的同质化问题比较突出。原因在于作者对生活的感知大都流于表象，缺乏深入的思考和语言的心灵化表达。在表现重大题材时，"历史的个体感"不足，造成许多作品直白、空洞，缺少感染力。从优秀古典诗词中汲取养分还不够深入充分,难以把握艺术的精妙处,作品技法粗糙,缺少韵味等。相信随着诗词复兴的步伐,这些问题都会在创作实践中得到解决。

活动发起人、组织者、著名诗人刘迅甫认为,第二届"中华诗词有奖征集"是首届"中华诗词大奖赛"的延续,激发了全民对中华诗词的欣赏和创作热情,催生了众多精品佳作,用美丽的象形文字演绎中华雄风、盛世气象。这得益于人民大众成为诗词创作的主体,百花齐放春满园。

中国作家协会副主席吉狄马加在颁奖大会上发表讲话说,"在纪念改革开放四十周年,迎接建国七十周年的重大历史节点举办的本次活动,征集了众多具有时代色彩、充满正能量的优秀诗词作品,反映了新时代的诗词作者胸怀祖国,放眼世界,传承了诗词美学,体现了创新精神,对诗词如何与时俱进等问题做出了很好的回答。特别是在当代性上,获奖诗词关注重大现实题材,和时代生活紧密结合,在吸收古典诗词精华上创新发展,做出了探索,取得了成果"。

解放军红叶诗社社长、著名诗人李栋恒中将说:"本次活动一定会激发大家的创作热情,进而在全国掀起一个热爱诗词、学习诗词、写作诗词的新高潮,催生一大批精品佳作,促进创作高原和高峰的出现"。

著名文艺理论家、老诗人郑伯农认为,以抒情为主体的诗词在历史上曾经发挥过无所替代的作用,新时代更会有所作为。当前,诗词正和其他文学门类一起,百花齐放,讲好中国故事,抒好中国情怀。

著名学者、诗人周笃文点评说,"本次活动影响之大,参与人数之多,获奖作品质量之高，在诗词界几十年来都很少见。八万诗人唱大风，令人振奋，其中精品足可比肩唐宋前贤诗篇"。

中华诗词学会副会长、诗人代雨东认为，诗歌无新旧之分。中国诗歌有数千年悠久历史，诗词是传统的文化载体和表现形式，内容常写常新，每个时代都有自己声音，所以诗词永远是"新"的，获奖诗词就是充分的证明。

诗刊社副主编、国家一级作家李少军说，"古韵新声共繁荣。以获奖诗人为代表的创作群体，遵守规范化、注重艺术性、弘扬正能量，做到高标准、高境界、高格调，从而吟诵出了富有时代精神、充满生命活力和艺术感染力的优秀作品，体现了当代诗词的风貌"。

本次活动得到中国楹联学会、中国诗歌网、中华诗词论坛、发现之旅《精彩世界》栏目、《诗意中国》栏目、中国人民解放军红叶诗社、北京诗词学会、河南诗词学会、陕西诗词学会、山西诗词学会、江西诗词学会、深圳诗词学会、香港诗词学会、台北市诗词学会、诗词家杂志社、诗词之友杂志社、黄河散曲社和北京润泽园茶业有限公司、中德（中国）环保有限公司、中外名人文化产业集团、北京中视文煜文化传播有限公司等机构的大力支持，也是盛世昌诗的鲜明注脚。

胜日寻芳泗水滨，无边光景一时新。等闲识得东风面，万紫千红总是春。今天的中国，万象更新，进入了新的时代。中华诗词是传统国粹，也是时代歌声。普天下的诗人引吭高歌、吹响号角，为时代鼓劲，为民族发声，一定能够激发人民的才智，焕发创新的力量，促进中华民族伟大复兴！

初心托日月，诗意放乾坤

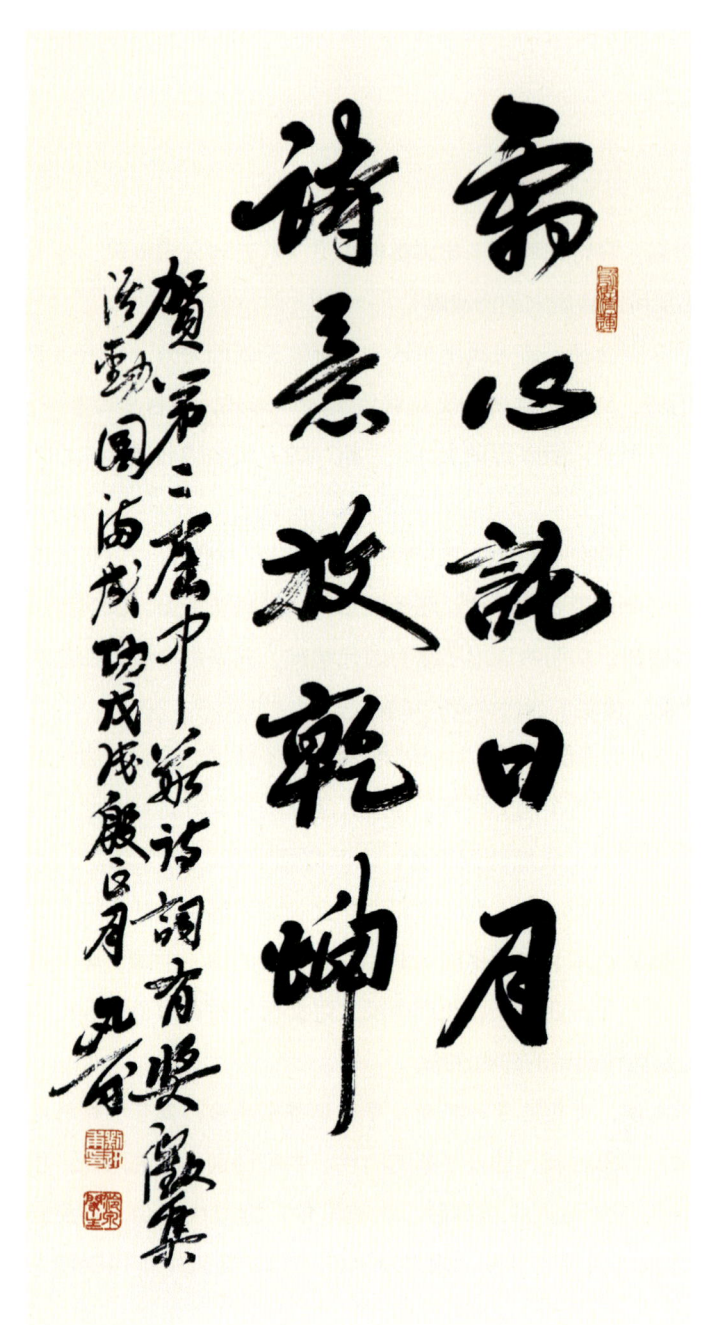

刘迅甫

诗风引（代跋）

——写在第二届"中华诗词有奖征集"活动收官之际

刘迅甫

笑洽东风杨柳枝

直朝四海放天思

骚人不负江山意

天地同和一卷诗

图书在版编目（CIP）数据

第二届中华诗词有奖征集获奖作品集 / 刘迅甫主编
. —— 北京：中国书籍出版社，2019.7
ISBN 978-7-5068-7329-1

Ⅰ.①第… Ⅱ.①刘… Ⅲ.①诗词 – 作品集 – 中国 – 当代 Ⅳ.①1227

中国版本图书馆CIP数据核字（2019）第122982号

第二届中华诗词有奖征集获奖作品集

北京东方中国诗书画院　编
刘迅甫　主编

策划编辑	朱　琳
责任编辑	朱　琳
责任印制	孙马飞　马　芝
封面设计	石　林
出版发行	中国书籍出版社
地　　址	北京市丰台区三路居路97号（邮编：100073）
电　　话	（010）52257143（总编室）　　（010）52257140（发行部）
电子邮箱	eo@chinabp.com.cn
经　　销	全国新华书店
印　　刷	北京广达印刷有限公司
开　　本	965毫米×635毫米　1/32
字　　数	50千字
印　　张	7.5
版　　次	2019年7月第1版　2019年7月第1次印刷
书　　号	ISBN 978-7-5068-7329-1
定　　价	49.00元

版权所有　侵权必究